PRINTEMPS AU PARKING

Christiane Rochefort est née à Paris dans un quartier populaire (XIVe), a eu peu d'aventures remarquables sous l'aspect pittoresque qui font généralement la matière des biographies, car elle a employé presque tout son temps à s'amuser, c'est-à-dire à peindre, dessiner, sculpter, faire de la musique, des études désordonnées entre la médecine, psychiatrie, et la Sorbonne (une erreur) (n'a même pas essayé de préparer l'agrégation), à écrire pour sa propre joie, et pendant le temps qui restait à essayer de gagner sa vie pour survivre. Elle a travaillé avec des gens pénibles, bureaux, journalisme, festival de Cannes (jusqu'en 1968 et a été renvoyée pour sa liberté de pensée), et par contre, à la Cinémathèque pour Henri Langlois.

A publié : Le Repos du Guerrier, 1958, livre qui on ne sait pas du tout pourquoi a provoqué un scandale; Les Petits Enfants du Siècle, 1961, sur l'urbanisme moderne; Les Stances à Sophie; Une rose pour Morrison, 1966, exercice de style sur des événements à venir; et enfin, en 1969, Printemps au parking. Traductions : de l'anglais, En Flagrant Délire de John Lennon, avec Rachel Mizrahi; de l'hébreu, Le Cheval Fini, de Amos Kenan.

Par un beau jour printanier, rompant ses entraves et se grisant de liberté tel un jeune animal échappé du zoo, un adolescent nommé Christophe quitte sa banlieue et le Grand Ensemble familial pour aller vivre sa vie. Son élan l'emporte jusqu'au seuil d'une bibliothèque du Quartier latin juste à point pour surprendre la controverse de deux contempteurs de sociétés établies. L'un des deux, Thomas, surnommé par Christophe « merdier occidental », va jouer un rôle capital dans l'existence précaire du mineur « en cavale », le temps que celui-ci choisisse sa voie.

Le tout, en effet, n'est pas de partir, encore faut-il savoir où l'on veut arriver. Pas où se trouvent les siens et autres esclaves de la routine, dociles comme bœufs au labour. Christophe est un taurillon ivre de ses jeunes forces et bien décidé à les utiliser autrement que pour tirer une charrue. Comment il découvre un point de chute et par quel itinéraire il y parvient, tel est l'objet de ce récit picaresque où s'incarnent avec une pertinente impertinence les tendances, les ironies et les espoirs qui ont cours à notre époque.

CHRISTIANE ROCHEFORT

Printemps au parking

BERNARD GRASSET

Ote ta tête de mon écran lui dit son père, et il l'ôta • Un homme à l'Immensité • Influence du Cinéma • Qu'est-ce qu'un Pays Lointain • Une demande de sursis • La tête vagabonde •

La seule façon de résumer la situation au moment où je me retrouve dans la cour, tout seul et les mains vides, le passé mort et l'avenir pas encore né, c'est : ils me font tous chier. Ça peut paraître brutal mais c'est comme ça. Tout ce que j'ai envie si vous voulez savoir c'est de tourner le dos et m'en aller. Où? Partout. Mais on ne peut pas s'en aller partout. On ne peut pas tourner le dos à tout. C'est géométrique. Alors? Alors rien. Ils me font chier.

Qu'est-ce qui est arrivé en fait — on pourrait aussi bien dire : rien. Je me suis assis à table. Le vieux a dit : pousse-toi un peu, tu me bouches l'écran. Il n'y avait rien sur l'écran.

— Mais il n'y a rien sur l'écran...
— Pousse-toi un peu tout de même.
— Mais...

Non, c'était trop bête, non?

— Je me pousserai quand il y aura quelque chose. J'ai dit ça calmement, sur un ton raisonnable; comme si c'était normal. Il est devenu comme pâle. Les yeux fixes. Un truc horrible, en une seconde. Non, pour une histoire de dix centimètres même pas, et qui ne servaient à rien en plus... Elle, n'est pas intervenue. Elle nous regardait l'un après l'autre, sans savoir quoi.

— Je t'ai dit pousse-toi.

Je me suis levé et je suis parti. Tel quel. Je n'ai pas eu le temps de réfléchir. En fait je ne savais pas que je partais. Quand je m'en suis aperçu je me suis dit : j'aurais dû prendre une valise. Mais quoi une valise, ça pouvait me servir à quoi pour aller où j'allais : quelque chose comme à Tahiti. Ça pouvait juste servir à me donner une touche d'émigrant, et à m'encombrer. Tandis que les mains dans les poches, qui sait quoi? C'est un type qui est là comme tous les autres types, peut-être qu'il va à son travail, ou à l'école, ou il se promène tout simplement, et d'ailleurs personne ne se le demande.

En y pensant, ce n'est pas non plus à Tahiti que j'allais. Tahiti ça n'existe pas. Aucun de ces endroits n'existe. En réalité je veux dire. Enfin ils sont sur les cartes, mais c'est tout. J'ai vu une fois dans un film des américains gras comme des vers blancs en train d'apprendre le hupa-hula sur une île exotique et palmée, sortie de l'eau spécialement pour eux on aurait dit, comment peut-on être si moche et pas le savoir à ce point-là? On se serait cru à Kremlin-Bicêtre. Je ne sais plus où je voulais en venir avec mon histoire j'ai dû dévier j'ai une tendance à la perdition, où étais-je? Ah oui, ailleurs, je ne suis pas parti pour aller ailleurs, qui n'existe pas d'ailleurs. Ennui : mais si je ne vais pas ailleurs où je vais, puisque pas ici non plus (ça, plus question, terminé, maintenant que je suis parti je le reste) — Nulle part, soyons logique.

Je suis donc resté logiquement sur place, dans la cour, au milieu des maisons. J'ai regardé les fenêtres : derrière toutes les fenêtres il se passait la même histoire d'un écran qu'on bouche, et le père dit au fils de se pousser, et le fils s'en va pour toujours nulle part. Obligé, puisque c'était la même heure. Malheureusement il n'y avait personne dans la cour, que moi. Normalement avec mon système on aurait dû être mille.

Si on avait été mille, on serait remontés tous ensemble et on aurait cassé toutes les télés. Par exemple. Voilà qui valait mieux que d'aller s'enterrer à Tahiti, même en admettant qu'on y danse du matin au soir sous les palmiers. Je me rendis compte que bêtement j'étais en train de regarder autour, si « les autres » n'arrivaient pas; d'attendre, pratiquement, qu'ils arrivent. Je suis comme ça : je pars, et puis je me dépasse; je me retourne, je suis plus là, et il me faut un moment pour me retrouver. Un jour j'arriverai à me perdre tout à fait. Mais bref j'étais tout seul, je ne parle pas des cloches diverses qui regagnaient leur foyer douillet. Il n'y avait pas de logique. Et il fallait décoller de cette cour qui ne valait pas la peine. Où?

— Va toujours tu verras.

De m'être dit ça à moi-même tout haut je me suis senti comme soulagé. C'était vrai. Où n'était pas le mot. Quel était le mot? Il devait y en avoir un, je n'avais qu'à le chercher et je comprendrais tout. J'en ai essayé plusieurs. Comment. Quand. Quoi. Qu'est-ce. Pourquoi. Alors. Et après. Aucun ne contenait la solution. Ça doit être parce que je manque de vocabulaire. A l'école ils me l'ont toujours reproché : « exposé pertinent mais vocabulaire par trop limité », c'était le style habituel de mes marges. Je me souviens d'un, le sujet était : « Décrivez la mer » (ou quelque chose comme ça). Le mot mer revenait huit fois dans mon premier paragraphe, le prof l'avait souligné en rouge chaque fois ce qui le rendait encore plus voyant, avec la mention « répétition ». Et qu'est-ce qu'ils voulaient que je mette? L'océan. L'Immensité. Vous voyez ça : « Tout le monde sur le pont, un homme à l'Immensité! » Remarquez c'est pas mal mais c'est autre chose. Ça irait par exemple pour mon cas actuel : un homme à l'Immensité c'est moi au poil. Sauf qu'il n'y a personne sur le pont et aucune bouée n'est en vue. Par contre pour la précision j'étais imbattable : pertinent. Par exemple, la mer est bleue; on ne peut pas se tromper. Quant à eux moi je leur aurais mis en marge : « riche vocabulaire mais exposé brumeux », au moins à juger d'après l'effet sur moi, c'est-à-dire à peu près nul en matière d'éclairage, comme une espèce de bouillie, ou plutôt de fumée car ça ne me nourrissait pas et s'envolait une fois fini, n'ayant pas trouvé où s'accrocher. De la bouillie de fumée. C'était sûrement ma faute, eux faisaient leur boulot consciencieusement, ils suivaient le programme. Seulement leur programme était pas le mien, il était plein de réponses à des questions que je ne me posais pas, quant à celles que je me posais, en admettant que je me posais des questions (oui : je me demande si je m'en pose) elles n'y étaient pas. Le programme et moi nous étions des étrangers l'un pour l'autre. Pourquoi j'allais chercher des trucs comme ça à penser dans un moment pareil, là en train de foutre le camp dans l'inconnu, au lieu de réfléchir sérieusement sur mon affaire on peut se le demander, mais on se répondra : comment réfléchir sérieusement sur l'inconnu? Et de toutes façons je ne suis pas doué pour réfléchir sérieusement je suis doué pour déconner, ce qui a pris des proportions énormes depuis que je n'ai pratiquement plus que moi à qui parler, et du coup plus personne pour m'interrompre, depuis que les Amis sont Entrés dans la Vie. Voués à des destins brillants comme ficeler des colis ou apprendre à ficeler des colis ou vendre des tickets, tandis que moi je restais sur le seuil, hésitant. Même Serge avec toute sa mauvaise volonté s'est finalement fait boucler dans un garage, lui qui était notre Radio Interplanétaire. Et toi Nicolas, mon espoir Numéro Un tu continues l'école, bûchant comme un dingue pour devenir ingénieur en bâtiment... La Vie nous a Séparés.

A l'école on se retrouvait, obligé. Et puis au moins on savait où aller tous les jours. Sur le moment je râlais mais c'était bien pratique. On mettait son cul sur un banc et on recevait la pluie bienfaisante, ou on ne la recevait pas si on n'était pas disposé, ou posé trop loin ce qui était mon cas, je n'aime pas être directement sous le tir, et encore moins le voisinage des cracks bien astiqués qui savent tout. Ça ôte toute envie de lutter, et ils sentent le savon. J'ai le nez délicat. Et ils

voulaient tous être ingénieurs en fusées. Dieu sait
ce que ça deviendrait, quelles espèces de ronds-de-
cuir minables et d'une certaine façon c'était dommage parce qu'un pays où tout le monde est ingénieur en fusées risquerait d'être assez marrant.
Plus personne pour faire pousser les patates en
bas mais là-haut le ciel plein de fusées tout le
temps, chacun veut que la sienne aille plus haut et
ils les recevraient sur la gueule; il faut sortir avec
des parapluies blindés. Je déconne, ok. Ça me
passe les nerfs. Et ce genre de bonshommes,
bavant de filer le train à papa ça m'énerve au plus
haut degré. On dirait qu'ils ont déjà une cravate, à
moins que ce ne soit encore un bavoir, ou peut-
être la cravate c'est le modèle pour adulte du
bavoir? Intéressant. Les savonneux du premier
rang arrêtaient la pluie comme une chaîne de
montagnes et attrapaient toute la manne au passage, les bénédictions n'arrivaient jamais jusqu'à
nous, perdus dans l'immensité des têtes, dieu sait
ce que j'en aurais tiré, peut-être rien, je suis une
terre plutôt rocailleuse, les phrases me restent à la
surface sans pousser elles n'étaient pas dans ma
langue. Ce qui me console mais alors tout à fait
c'est que j'aurais voulu pour rien au monde être
dans leur peau, ni maintenant ni plus tard, si mal
que je sois dans la mienne et si encore plus mal
que je risque de m'y trouver de la façon dont je
m'y prends. Il fallait pour de bon décoller de cette
foutue cour, puisque décidément personne n'arrivait. (J'avais tenu à attendre, je leur avais donné
leur chance.) En passant devant le E 4 j'ai vu la
fenêtre de Bambi éclairée. J'ai tapé au carreau.
Une chance qu'elle habite au rez-de-chaussée,

est-ce que j'y aurais seulement pensé sinon; j'étais assez dans les nuages. Il fallait pourtant que quelqu'un des copains soit averti, de mon départ. Puisque je partais. Enfin une idée pratique.

— Tiens Christophe? Pourquoi tu n'as pas sonné?

— Je ne suis pas en visite officielle.

— Qu'est-ce qui se passe?

— Je ne sais pas trop. Je peux entrer une minute?

J'ai sauté, comme quand on était mômes. Elle était en robe de chambre, en train de faire ses devoirs; un cahier était ouvert sur la table; bien que, un bout d'une espèce de magazine dépassait, en dessous.

— Qu'est-ce qui t'arrive?

— Je suis parti.

— Où ça?

Elle aussi naturellement. C'est la première chose qui vient, et au fond ça n'a pas de sens.

— Je te dirai ça quand je serai arrivé. Pour l'instant je suis juste parti de. De là-haut.

— Qu'est-ce qu'ils t'ont fait?

— A vrai dire, rien. Presque rien, une connerie. Comme ça. Je ne peux pas t'expliquer.

— Je comprends.

— Ça m'étonnerait, parce que moi pas. Il n'y avait justement pas de quoi cette fois-ci. Ça s'est bloqué d'un seul coup plouc. J'en ai eu assez. Comme si j'attendais ça.

J'ai fait un geste des bras pour montrer comment ça s'était bloqué plouc. En réalité j'en étais encore à le chercher. C'est bon de parler à quelqu'un.

— Tu sais en chimie, on ajoute un truc dans l'eau, on en remet encore et il n'arrive rien du tout, et si on ne perd pas patience tout d'un coup plouc, un beau cristal arrive (c'était une des rares choses qui m'avaient plu en sciences). Toute l'histoire se résume dans moins d'une seconde.

Quelle histoire, ça c'est beaucoup plus compliqué que la chimie. Tout un tissu de conneries qui passent et puis tout d'un coup une qui ne passe pas : et l'écran fait le cristal. Je lui filai l'histoire, qu'une seconde avant j'aurais cru impossible à raconter, et en sortant elle prenait un aspect superbe, elle tenait sur quatre phrases, pas de doute elle avait eu lieu.

— Alors j'ai eu l'impression d'être chez les fous. Tombé par hasard dans un asile ou même, né dedans et je m'en apercevais tout d'un coup. Tu t'imagines, un type qui serait né chez les fous ?

— Parce que toi t'es sûr que tu l'es pas ?

— Justement c'est ça : un jour il s'aperçoit qu'il l'est pas. Il a pas le temps de réfléchir qu'il a pris le large.

— Tu devrais raconter ça à un docteur.

— Tiens, je sais ce qui se passerait, d'ailleurs c'est comme ça que ça va finir, je veux dire tous les types pas fous dedans et tous les cinglés dehors s'amusant à lancer des trucs en l'air pour voir où ça tombe ou regardant des écrans vides. Je me demande si c'est pas déjà fait. Y a plus qu'à retourner les panneaux au-dessus des portes, l'inscription de l'autre côté, l'ennui c'est qui sera chargé de retourner les panneaux ?

Je parlais comme un moulin et Bambi m'écoutait, honneur qu'elle ne m'avait pas fait depuis un moment : depuis qu'elle avait pris des fesses et tout elle nous bêchait; elle inclinait du côté des guitares et elle avait un petit bout de voix qui lui donnait des espoirs dans l'idolerie, en plus elle frôlait chez les durs, et elle s'était payé un blouson en nylon rouge. Elle s'était très dessalée en peu de mois, et nous ses amis d'enfance on se perdait un peu à l'horizon. Mais elle me dit tout d'un coup, avec un regard sauvage : « C'est bien, ce que tu fais, Chris, je ne savais pas que tu en serais capable », et merde je me sentis redevenu adulte et contemporain et même en train de jouer dans un film, et la scène comportait clairement que je m'avance vers l'héroïne pour les Adieux, à part que je n'adore pas qu'on m'appelle Chris mais j'y allai tout de même. Elle avança un bras pour modérer mon élan et regarda vers la porte, les sourcils froncés.

— Qu'est-ce qu'ils font?

— Ils regardent l'émission.

— Alors y en a pour un moment.

Elle examina le réveil. Jusqu'à la demie. C'est « La Fête à Tout le Monde ».

Là j'ai eu une pensée pour le mien, c'est donc sa fête à lui aussi maintenant, il y a quelque chose sur son écran et plus de fils devant pour le boucher, et j'y serai plus jamais j'en fais la promesse solennelle, plus jamais je lui boucherai Son Ecran. Plus jamais son Fils Son Ecran lui bouchera.

— A père et mère écran ne boucheras.

— Qu'est-ce que t'as dit Bambi.

— Je refais les commandements de dieu. « Du nouveau pour votre religion. » Leur truc est carrément à refaire, et j'écartais sa robe de chambre, tout doucement pour ne pas l'effaroucher.

— T'as peut-être tort de croire que t'es pas cinglé, dit-elle en ne m'empêchant pas du tout au contraire. A côté, on entendait des applaudissements et des rires. Tout-le-Monde étaient contents. Bambi est vachement bien roulée, et elle en connaît déjà un bout. C'est marrant, dit-elle, dans l'accalmie, de les sentir à côté. Le bon truc c'est qu'ils avaient les oreilles pleines de cette pâtée qu'on leur déversait, on n'avait pas besoin de se gêner. C'est bon la télé, surtout celle des autres.

— Non attends il faut que je me lave.

— Ça ne va pas faire bizarre?

— Au contraire, je vais toujours à la salle de bain le soir.

Elle naviguait très à l'aise. Quant à avec qui elle en avait tant appris, bon. Moi, je ne devais tant de faveurs imprévues qu'à mon état de fugitif, pas d'illusions. Sa vie privée ne me regardait pas, et n'allait pas puisque je partais.

Je partais!

— Tu ne veux pas me laisser un gosse en souvenir, non?

— Je le saurais jamais alors ça vaut pas... Par contre si tu passais par la cuisine, tu ne pourrais pas me rapporter quelque chose. N'importe quoi. J'ai un peu faim. En réalité je la sautais.

— Tu es parti sans dîner?

— On pense pas à tout. J'y ai même pas pensé jusqu'à présent.

Ça donne faim, en plus. J'ai dévoré un bout de fromage avec du pain, assis sur le bord du lit, tout nu. Après on s'est fourrés sous les draps pour un dernier petit adieu. Je ne sais pas ce qui s'est passé, et je l'ai entendue qui disait : Merde il faut que tu t'en ailles... Il faisait presque jour. Sa mère vient la réveiller très tôt.

— Ils te croient encore pucelle?

— Je ne sais pas. Ils n'ont pas dû penser à se poser la question.

— Oui comme ça ils sont plus tranquilles... L'important c'est qu'on leur mette pas le nez dessus.

— Si elle trouvait un gars dans mon lit elle gueulerait sûrement.

— Elle serait obligée, à cause de l'honneur. C'est dans le manuel des familles, entre Comment lessiver sans se mouiller et Quoi branler dans le carburateur.

— Alors parle pas si fort.

J'étais habillé de pied en cap, fin prêt pour le grand voyage («où » n'étant pas la question).

— Mais, dit Bambi, reprenant pied, tu vas où alors?

— Je ne sais pas. Je pars, dis-je. C'est pas la place qui manque.

— Et qu'est-ce que tu vas faire?

— J'avais pensé aller à Tahiti mais ça n'existe pas. Et ce n'est pas une question d'endroit. Je ne fais pas du tourisme je m'en fous. Je vais chercher une question de quoi c'est.

Ça commençait à me plaire tout ça. J'étais de plus en plus parti. On était assis sur le bord du lit l'un contre l'autre et je jouais dans ses cheveux, elle avait remis sa vieille robe de chambre dans laquelle je l'aimais bien mieux que dans son blouson en nylon.

— T'as pas des cigarettes?

J'avais oublié d'en prendre. Je n'avais vraiment pensé à rien.

— J'ai pensé à rien. Je suis parti, comme une fusée. Devant moi il y avait un piège denté avec une mécanique fatale et si tu avances tu es fait. Alors je recule tu comprends...

Je ne pars pas, je recule. En réalité je recule c'est ça. On entendit un réveil quelque part. Merde dit Bambi. Ça bougeait dans la termitière.

— J'ai une de ces envies de parler ce soir...

— Matin, dit-elle. Chris, il faut partir. Je me levai, en soupirant un peu de la quitter mais tout de même, sans aller jusqu'à Tahiti le bâtiment E c'est un peu court, ça ne peut être qu'une escale. En avant marin. Enfin, en arrière.

— Alors, tu pars au hasard...

— Exactement, c'est là que je vais.

Et tout d'un coup par surprise je me suis senti heureux; enfin presque. Enfin, un tout petit peu. Une première vague. Il y avait si longtemps que je marchais dans le noir... Je commençais à entrevoir des faibles lueurs, ou si pas des lueurs, non, pas des lueurs, sûrement pas des lueurs mais disons un peu moins d'obscurité, comme s'il y en avait plus derrière moi que devant. Ces choses-là ne sont pas faciles à expliquer, surtout pour moi avec mes moyens — quant à pourquoi j'essaye dans des conditions si mauvaises je ne peux pas l'expliquer non plus pour les mêmes raisons mais ça me tient à cœur, bref quand on marche dans la forêt on sait qu'on approche du bout, et on ne sait pas pourquoi on le sait, c'est comme ça que je sentais. Un autre réveil sonna.

— Je vais te faire sortir par la porte, dit Bambi, il fait trop jour, si une bonne femme te voit sortir par la fenêtre tu sais comment elles sont.

Si je le sais. Les bonnes femmes c'est la plaie des ensembles. Elles ont pris quelque part, à la coopé, ou dans l'air qu'on respire, le sentiment de leur puissance dans la Cité, où elles sont incrustées à plein temps, elles en sont les moules, l'eau stagnante remplie de larves et tous les égouts arrivent là. Elles y fouillent, et en sortent chaque paquet de merde qui les excite pour le faire voir à tout le monde. Elles sont responsables de l'ordre. L'ordre de l'égout. Madame Mollard, je vous décore de l'Ordre de l'Egout, qui consiste en un crachat décerné en pleine poire. C'est par elles, les bonnes femmes, que l'histoire de ma sœur était arrivée au grand jour; elles se feraient une joie de confier à la mère Carré, entre deux plaques de chocomerde, l'inconduite de leur fille avec l'autre voyou de la famille. La fille des Carré se jeta dans mes bras, en disant : Oh Chris, alors nous n'allons plus nous revoir! Je l'embrassai fougueusement. Je me sentais un marin, un hors-la-loi. J'étais dans une humeur formidable. Je dis que je ne savais rien de l'avenir.

— Je t'attendrai, déclara-t-elle... ce soir, je laisserai ma fenêtre ouverte. Si tu n'es pas embarqué à Tahiti ou si tu as un pépin je serai là. J'ouvris la porte. Et du fric tu en as?

Je devais avoir à peu près rien je n'y avais pas pensé non plus, et de toute façon si on se met à penser à tout c'est comme si on prépare une expédition polaire ou dieu sait et on n'en sort plus. J'aimais autant mon système : un peu négligent mais sûr. Elle me fourra du papier dans la main, m'embrassa et à la tout ultime seconde murmura tout bas qu'elle m'aimait... Le réveil a sonné dans l'appartement même, mettant fin définitive à nos transports, la porte s'est refermée à jamais. J'ai mis vingt secondes avant d'accomplir mon premier pas en direction de la liberté, qui se révélait enivrante avant même de commencer. Ça avait produit des choses mon sacré départ, qui n'était pas rapide mais devenait néanmoins de plus en plus vrai, je me sentais déjà tout changé, j'étais un autre homme. Après tout ce n'était pas une blague. J'étais bel et bien hors la loi.

Glissant comme une couleuvre je suis sorti par le fond pour que les gardiens non plus ne me voient pas. J'étais porté disparu il ne fallait pas que j'apparaisse; je n'étais plus d'ici. Je franchis enfin les grilles de la Cité. Ça m'avait pris du temps, je n'avançais pas vite mais c'était normal puisque c'était à reculons, et j'avais pourtant parcouru une distance énorme, si pas dans l'espace dans autre chose. Je me mis en marche vers la Porte. Il faisait beau. Une veine. Les intempéries c'est néfaste dans un cas comme le mien. Où j'allais je ne savais toujours pas mais je m'en foutais carrément. Un, j'étais parti de l'écran, deux, on verrait à mesure, ça suffisait bien. Au fond c'est bizarre cette idée de vouloir prendre l'avenir d'avance d'un seul tenant, en entier. Non mais ils sont fous, qu'est-ce qu'ils croient? Qu'est-ce qu'ils savent? Comment ça pourrait être possible? Après ils s'étonnent quand ils tombent sur des os. Ils avaient prévu sans os. Qu'est-ce que j'étais de bonne humeur. J'avais bien démarré.

Elle m'avait donné presque six billets. Peut-être toute sa cagnotte. M'aimerait-elle vraiment, et elle aurait puisé dans la tragédie le courage de l'avouer enfin? Rêves... Bref c'était une chic fille, du côté des maudits. D'ailleurs je lui rendrai, mais je ne sais vraiment pas quand par exemple, car je n'ai pas la moindre intention de faire fortune. En tout cas ça réglait la question du café; j'aurais souffert, car j'aime mon café le matin; je ne souffrirais que plus tard. Je le pris double, crème, et avec des croissants, et à chaque bouchée je rendis grâce à Bambi, je ne suis pas ingrat. J'avais une sacrée faim, en réalité, le premier bistrot ouvert était à la Porte ce n'est pas tout près; le frigo des Carré n'est pas riche, et leur fromage du vrai plâtre. J'ai un solide appétit. Etais-je au fond tellement doué pour faire un vagabond? Image : moi sur la route infinie avec une guitare sur le dos et par contre le ventre vide, en direction d'un Pays Lointain (qu'est-ce que c'est un pays lointain? Ici c'est plein de types avec des guitares persuadés qu'ils sont dans un pays lointain, alors quoi?) où je me mettrais à élever des moutons — je pense aux moutons à cause de Gilles Guillon qui voulait aller en élever en Australie, pourquoi les moutons ça leur paraît le pied quand c'est à l'autre bout tandis qu'ici, où il y en a, ils les voient même pas? et surtout, ils voudraient pour rien au monde y toucher; je crois qu'ils en auraient peur. Des moutons l'Auvergne en est pleine, pourquoi ils rêvent pas d'aller en Auvergne? Ils m'ont traité de réac, type sans esprit d'aventure etc. On m'a compris à l'envers naturellement. Je ne vois pas ce qu'il y a d'aventure à planter des piquets autour d'un pré dans la banlieue de Sydney, ou alors apprenez l'Indien et allez vous foutre dans les Rocheuses faire une armée qui marche sur les villes en criant Yankee Go Home (je suis pour les Indiens). Maintenant le Gilles il est dans une agence de voyages et il vend des tickets, pour l'Australie, et aussi les Rocheuses, trésors de l'art sioux ou apache je ne sais pas qui est dans le coin, et voilà ce qui me consterne quand on vise trop loin au départ. Ils finissent comme nos braves ingénieurs en fusées, sauf qu'au lieu de dire direct : j'en veux de la bonne soupe, ils ont commencé par cracher dedans. Mais qu'on leur apporte une assiette et on les verra à l'œuvre avec les autres, ils seront même encore moins délicats parce qu'ils n'y connaîtront rien en soupe; comme ces types des films américains qui cassent tout pendant une heure vingt-cinq, avec comme titre la Grande Révolte ou Jeunesse en Délire, et à vingt-six on nous explique que tout ça c'est parce que leur maman vient pas les border le soir; alors leur maman vient les border et ils entrent dans l'électro-ménager. Je n'étais pas en train de parler de ça (bien que, c'est agaçant aussi qu'on essaye de nous faire passer pour des bébés pathétiques, c'est ce qu'ils essayent), j'étais en train d'examiner les divers destins que je ne veux pas. Je veux pas entrer dans l'électro-ménager. Ni être bordé le soir du reste, si jamais une idée pareille venait à ma pauvre mère je me tordrais tellement dans mon page qu'elle pourrait jamais attraper les draps pour les mettre en dessous; ce qu'ils ont d'affection pour moi me suffit largement, avec plus ce serait encore pire. Et ce que je ne veux pas par-dessus tout, c'est pâlir mes soleils dans un bureau comme ça me pend au nez. Ils pensent sans doute que c'est héréditaire, comme les maladies. Orientation tu parles. Mise en bière oui. La levée du corps aura lieu tous les matins à huit heures trente. On pointera. Et tu as de la chance. Et tu ne connais pas ton bonheur. Et il y a plus malheureux que toi, tu sais, mon petit. Tu préfères peut-être l'usine? disent-ils comme si c'était la déchéance suprême. Tu préfères avoir mal à la tête ou mal au cul? Franchement je ne sais pas, si vous le prenez comme ça alors au moins laissez-moi réfléchir. Si ça se trouve je préférerai crever de faim on ne sait pas. Eh bien crève!

Ok ok on y va trépignez pas. Mais tout de même, avant, si vous permettez Monsieur le Bourreau, j'aimerais voir un peu par moi-même le monde, car ça ne paraît pas possible vous comprenez qu'on s'emmerde à ce point-là le total est tout de même incroyable il doit y avoir une erreur quelque part et je voudrais refaire le compte avant de régler, parce que j'aime la vie voilà. Même la guitare j'aime ça. Et aussi les moutons. Et même les fusées, quand elles vont dans les planètes (nous qui avons passé une partie de notre enfance sur des planètes épatantes nous sommes même des pionniers question fusées). En fait j'aime tout. C'est pas plus compliqué. Sauf que c'est pas simple on se demande pourquoi. Où suis-je? Porte d'Orléans dans un bistrot, et Qu'est-ce que je fais là? J'atterris devant le comptoir. Attachez vos ceintures. Je suis sûrement doué pour faire un vagabond de la tête, si pas du ventre. Moi quand je décolle c'est comme si je tombais dans les pommes je n'y suis pour personne prière de ne pas déranger la clé sera dans le frigo, excusez-moi garçon je reviens à l'instant d'Australie, qu'est-ce que je dois? Je voyage sans ticket moi. Ce que je fais là : je recule. Pour mieux sauter peut-être mais alors j'ai ma dernière volonté. Ma dernière volonté sera : respirer un coup.

Là j'ai pensé : pourquoi je ne suis pas allé voir Nicolas? Puisque j'en étais à faire des visites d'adieu. Je ne peux tout de même pas retourner. Jamais retourner en arrière. Surtout quand on recule, ça risque de faire des nœuds. Si j'étais allé te voir tu m'aurais dit : Ben, alors bonne promenade mon vieux, puisque c'est ça que t'as trouvé comme solution à ton problème, foutre le camp. Lâchement (lâchement c'est moi qui l'ajoute, je te charge, d'accord, tu n'aurais pas dit lâchement tu aurais trouvé quelque chose de plus malin, mais moi je ne suis pas malin). Toi Nicolas tu fous le camp courageusement : en avant. Droit dans la gueule du loup, tu penses que t'es tellement coriace qu'il se cassera les dents dessus? Ingénieur en bâtiment, ça m'a tué. J'ai aussi bien fait de ne pas aller le voir me suis-je dit, il m'aurait ruiné mes projets cet ingénieur-là, je me serais senti minable. Projets que j'avais pas du reste, c'était fait avant d'être prévu. Au fond c'est tout à fait par hasard que je suis dehors; seulement maintenant j'y suis, et j'y reste.

Le monde appartient à ceux qui se lèvent tôt, mais quel monde? • Habitudes et Imagination • La navigation à voile • Les Livres n'enseignent pas de méthode pour devenir intelligent • Comment supprimer le biftek et faire aimer les ministres • Les rêves ça se plante comme des radis • Qui vole un œuf vole de ses propres ailes •

Le soleil s'était franchement levé. Pourquoi me fourrer dans le métro, je suis parti à pied. En somme j'avais tout mon temps. La question : Qu'est-ce que je vais en faire? se dressa dans ma tête aux approches du Lion de Belfort. Je la renvoyai dans le néant avec le maximum d'autorité. Mais je dus recommencer en vue de l'Observatoire. Il y a des questions qui arrivent comme ça avec un air de saine logique, et qui en réalité ne le sont pas du tout, sont purement fictives si on veut, et celle-là en avait bien la gueule. En traversant le petit jardin j'ai enfin trouvé quoi lui répondre : Et je faisais quoi d'habitude? Et de fait, d'habitude je n'en faisais pas tellement plus. Qu'est-ce-que-jevais-faire se le tint pour dit paraît-il. D'abord d'habitude à cette heure-là j'étais encore au pieu, et d'une, comme ça je ne me posais aucune espèce de question et en général je rêvais, à cette heure-là. Après arrivait ma mère, pour essayer de me faire lever. Bon, finalement elle y arrivait. Elle voulait faire la chambre avant de partir. J'avais beau lui jurer que je ferais mon lit moi-même etc., d'abord je ne le faisais pas comme il faut; mais si je le trouve assez bien fait pour moi puisque c'est moi qui couche dedans? Non, ma chambre serait une porcherie si on me laissait faire; mais si j'y étais bien comme ça... Elle ne voulait pas d'une porcherie chez elle, et de toute façon c'était l'heure de se lever. Mais je n'ai pas besoin de me lever tôt puisque je n'ai pas d'école! (C'était ma première année sans et je trouvais inhumain de se ruer directement de l'école dans le travail sans un instant pour souffler entre les deux) mais elle : Tu as à chercher du travail.

La veille, j'étais censé avoir pointé les annonces. Et le matin, je l'étais me précipiter aux adresses, toujours lointaines, des généreux donateurs, se geler dans une cour (il fait toujours froid) ou un couloir puant (ça pue toujours), debout avec plusieurs douzaines de types dans le même état (lamentable), des heures, et supplier un mec généralement odieux (on est reçu comme une merde, c'est une faveur qu'on vous fait de vous embaucher), de m'autoriser à m'emmerder huit heures chaque jour, si possible toute ma vie (une situation). C'est ce que j'étais censé faire.

— On ne cherche pas du travail à heures fixes, j'ai toute la journée.

— Les bonnes places s'enlèvent le matin.

Tiens, c'est bien pour ça que je n'étais pas chaud pour me mettre en route de bonne heure. Une fois j'avais enlevé une bonne place. Une bien sombre histoire. Par bonheur j'avais eu la fine idée d'adhérer au Syndicat (en toute innocence d'ailleurs, je croyais que c'était obligatoire), de sorte que ça n'avait pas traîné : ils n'aimaient pas ça. Jamais je n'ai passé autant de temps les yeux sur une pendule. Cette expérience, et quelques petites autres, me rendaient hésitant.

— Je ne veux pas que tu prennes des mauvaises habitudes, après on ne peut plus les perdre, ce sera toi le plus embêté. Si on ne se donne pas une discipline au départ...

Entre-temps j'étais réveillé évidemment, et mes rêves s'étaient fait la valise. Il faut apprendre à se faire chier même quand ce n'est pas nécessaire, sinon après on ne peut pas le supporter.

— Et de toute façon j'ai horreur de te voir traîner au lit le matin.

Évidemment, ça doit être affreusement pénible, quand on est sur pied, d'en voir un là au chaud tranquille heureux, en train d'échapper aux emmerdements. Il faut les comprendre.

Et après? Après ça qu'est-ce que je faisais? Hein? La Question rentrait ses cornes. J'avais trouvé le bon truc.

Tout ce qu'il y avait avant et pour quoi aucune question ne songeait à se présenter, c'était les habitudes. Voilà. Ce qui me manquait, si je croyais par hasard qu'il me manquait quelque chose, c'était Les Habitudes. Eh bien qu'elles aillent se faire une omelette. Peut-être qu'il me manquait un tas de choses, d'une façon générale, mais par rapport à avant il ne me manquait rien. Point. Affaire réglée, au suivant.

J'arrivais sur Saint-Michel. Là m'avaient porté mes pas, et ils n'avaient pas eu tort. C'est un bon endroit. Encore un peu vide. Le seul vrai drame d'aujourd'hui dans le fond c'est que je m'étais levé trop tôt. Je ne m'étais du reste pas couché du tout, ce qu'on appelle habituellement comme ça. J'eus une bonne pensée pour Bambi. Je vis le Luxembourg tout ensoleillé sur ma gauche. J'allais me mettre au soleil, et me reposer un peu. Quand on marche pour l'éternité, il faut des étapes.

On est bien au Luxembourg. C'est un endroit où on n'a jamais l'idée d'aller (quand on a des Habitudes on n'a pas des Idées) mais quand on y est on est bien. J'ai choisi un bon emplacement, autour du bassin, je me suis calé dans un fauteuil et je suis resté là, rien qu'à me faire tiédir; j'allais peut-être même brunir si ça se trouve. Se tailler de chez soi pour brunir.

On me tapait sur l'épaule. Ma première pensée fut pour la police : ils m'avaient retrouvé.

— Pas la peine de faire semblant de dormir ça ne prend pas.

La vieille avait la voix mauvaise, pas le mieux pour un réveil. C'était une vieille.

— Mais je ne faisais pas semblant.

— Allez on vous connaît. Payez ou filez.

Elle tendait la main, avec un ticket. C'était la chaisière. Je cherchai la monnaie en hâte, j'avais la trouille. On pouvait me poser des questions, et de fil en aiguille, des gens pouvaient trouver suspect ce type qui dort à l'aube au Luxembourg, au lieu d'être où il doit, etc. Au fond on n'est pas tellement tranquille.

J'ai été content quand elle s'est taillée avec ma pièce; c'est tout ce qu'elle voulait. Me gâcher mon sommeil pour trente centimes. Et moi pour le sang-froid je repasserais. Affolé pour une chaisière et allant chercher tout un cinéma d'horreur. Mettons ça sur le dos du réveil en sursaut.

Le jardin s'était animé. Des gosses jouaient au bateau sur le bassin. Il y en avait un avec un bateau très compliqué, à moteur, et un avec un bateau à voile. Le bateau à moteur traversait le bassin tout droit d'une rive à l'autre tout le temps et son môme cavalait en demi-cercle pour le renvoyer. Le bateau à voile se prélassait. Son môme zigzaguait, essayant de prophétiser son arrivée. Le rapprochement s'imposait : c'était moi; j'avais mis à la voile. Des types passaient avec des sacoches bourrées, ou des livres attachés par une courroie. Ils discutaient chaudement; j'entendis un en passant qui disait : Descartes n'est qu'un vieux con. C'est fou de se passionner pour ce vieux con de Descartes, par un beau matin de printemps. La pendule marquait dix heures, en fait d'aube. Alors j'avais fait un vrai somme. L'endroit était plein de cris, de gens, un ballon m'arriva dans les jambes et derrière au moins dix mômes, qui disparurent aussi sec avant que j'aie le temps de renvoyer. J'étais encore un peu abruti.

Une fille s'est assise sur un banc de pierre à côté. Belle avec l'air sérieux. Elle ôta sa veste et apparut en petit tricot blanc, qui lui moulait les seins. Ses cheveux étaient relevés, et rassemblés derrière la tête. Tel que j'étais assis un peu en retrait je pouvais voir des cheveux échappés, avec le soleil complètement dorés sur son cou. Elle déplia un papier et se mit à grignoter des croissants. Elle déjeunait, elle devait sortir de son lit, et me voilà parti à imaginer comment elle pouvait être il y a à peine un instant, toute chaude, dans son lit, en chemise de nuit (elle devait porter des chemises de nuit), avec tous ses cheveux défaits (j'aime les cheveux). Je me suis transporté dans le lit, contre elle toute chaude — bref je suis resté là un moment. J'étais bien. Pendant ce temps-là elle bouffait ses croissants, sans se douter de ce qu'elle était en train de faire avec moi. Elle secoua les miettes proprement, s'étira un peu, je vis ses aisselles blondes, bien creuses. Elle se leva, passa fièrement devant moi et s'en alla. Je me mis debout automatiquement et à marcher derrière; je prolongeais c'est tout. Je ne voulais pas l'aborder, c'était hors de question. Si j'avais été plus courageux je lui aurais dit qu'après tous ces croissants ce qu'il lui fallait c'était un bon café mais elle avait plus de vingt ans au moins et je ne m'en sentais pas pour me faire envoyer à la maternelle. Je me suis contenté de marcher derrière, en essayant de rêver encore, mais en marchant c'était plus difficile, on monta comme ça tous les deux jusqu'au Panthéon. Elle entra tout d'un coup dans une grande bâtisse. J'attendis un peu, et je suis entré derrière elle, il n'y avait pas de concierge ni gardien ni rien, ce n'était pas un lycée. En haut de l'escalier une double porte, Entrée, Sortie, j'ai poussé l'entrée. C'était une énorme bibliothèque, entièrement pleine de livres, immense, à attraper le vertige. Des types assis à des tables longues de dizaines de mètres, lisant. Il y avait un silence terrible, avec de temps en temps un bruit de chaise, ou de toux, qui résonnait comme dans une cathédrale, que c'était, une cathédrale du Savoir. Pendant que j'étais là planté des types me passèrent devant, je vis qu'ils montraient une carte pour entrer. Ce n'était donc pas la peine que j'essaye, pour me faire virer. De toute façon une fois dedans j'aurais eu l'air d'un gland et je ne savais pas où était passée la fille. Du reste c'était parti. Avec tant de bouquins il y a de quoi vous la couper net. Je gênais le passage, on me bousculait. Il y avait un mouvement fou dans ces sacrées portes, la soif de s'instruire était torrentielle dans le coin.

Je suis resté un peu en haut de l'escalier, à me demander si j'allais attendre et en tout cas comme si j'attendais. Ça avait l'air courant ici, on ne me regardait pas. Des types sortaient pour en griller une, dedans ça devait être défendu. Peut-être qu'elle ressortirait fumer, ce serait bien je lui donnerais du feu et cætera. Le flot des assoiffés de connaissance montait, le flot des rassasiés descendait, sans arrêt. Tout le monde avait l'air très chez soi. Deux mecs marchaient de long en large, discutant sagacement, à chaque passage j'attrapais un petit bout de déclaration solennelle et l'ensemble formait une obscurité colossale, comme le jeu des petits papiers.

Ils ne changeront pas les fondements du, disait l'un, je ne sais pas du quoi il était passé, et l'autre en revenant : « Merdier Occidental ».

Merdier Oriental dit le premier mais toi tu es Chinois alors...

et qui le leur a mis le merdier, qui sinon (qui a bien pu leur mettre le merdier?)

remplace la lutte des classes par un racisme avant qu'on les ait complètement pourris relève d'abord leur niveau de vie et tu verras niveau de vie mon cul, regarde les étudiants d'Harvard

compter sur les fils de bourgeois tu parles papa n'est pas un way of life mais de mort le conflit des générations c'est pas mieux

tu m'emmerdes, en société développée

merde les intellectuels, si les conditions objectives

— Oh non! gémit Merdier Occidental désespéré. Pas ça! Pas les conditions...

— ... la question n'est pas là, la question c'est...

Je ne saurais jamais où était la question parce que Merdier Oriental secouait sa pipe contre sa semelle là-bas dans l'autre coin. Il avait une barbe en collier. Merdier Occidental était bien plus sympa, il avait l'air d'une rose trémière un peu fanée. Il ne paraissait pas tellement jeune, ou bien il était fatigué; son visage portait la marque d'une profonde mélancolie. Il s'arrêta presque à ma hauteur, et déclara fermement :

— Premièrement, qu'avant toute préoccupation surréaliste ou révolutionnaire, ce qui domine dans leur esprit est un certain état de fureur!

— Et après? dit Merdier Oriental en se dirigeant vers l'entrée de la bibliothèque. Ça fait un demi-siècle de ça.

— Quarante-neuf, précisa Merdier Occidental. 2 avril 25.

— Oui, et alors et après?

Merdier Occidental poussa un grand soupir.

— Ciao, dit Merdier Oriental en pénétrant dans le lieu saint.

— Ciao, re-soupira Merdier Occidental, resté dehors. Il me vit là, contre la balustrade, et je me rendis compte que j'étais en train de me marrer tout seul, la bouche probablement fendue jusqu'aux oreilles, c'est-à-dire l'image du parfait crétin. Et en fait ça ne me regardait pas leur conversation. J'ai essayé de changer d'expression à toute pompe, mais entre l'air digne, l'air détaché, et l'air de penser à autre chose, j'aboutissais toujours à l'idiot. Merdier Occidental restait planté.

— Et alors et après? me dit-il brusquement, comme s'il me prenait à témoin. A témoin de quoi je ne savais pas, bien que justement « Et alors et après » était tout à fait dans ma grammaire, ces temps-ci. J'eus un coup de génie, je répondis :

— C'est justement ce que je suis en train de me demander.

— A propos de quoi?

— De tout. A peu près.

— Tiens, dit-il. En quelle classe es-tu?

— Je ne suis pas en classe.

— Ah. Qu'est-ce que tu fais ici? Et je me suis dit que j'avais été assez con pour répondre sans réfléchir, j'aurais dû inventer une classe quelconque. Je n'étais pas malin. Mais il dit :

— Pardon, je n'ai pas voulu être indiscret, c'est seulement la curiosité.

— Oh ça ne fait rien, dis-je (je voulais faire sentir que ça ne me gênait pas). Je suis venu là parce que je suivais une fille c'est tout. Elle est entrée, et je ne peux pas y aller parce que je n'ai pas de carte c'est tout.

— Ah, c'est bête, dit-il et il se mit à fouiller dans ses poches. Il en sortit tout un tas de cartes qu'il examina une par une en les comparant avec moi. Finalement il en choisit une. Langue Zoo, dit-il (qu'est-ce que c'était, des leçons de cris d'animaux?) De toute façon elle me sert à rien. J'étais au moins puceau quand j'ai fait cette photo, ça ira.

Il faut dire que ça ne lui ressemblait pas plus qu'à moi. Ni moins. Finalement j'ai renoncé à lui dire que moi je n'étais pas puceau, je ne trouvais pas d'enchaînement.

— C'est trop bête de louper une fille pour une raison pareille. Tu me la rendras après.

— Où pourrai-je vous la rendre?

— Au Minus Bar, vers les cinq heures. C'est en bas du Boulevard. Viens me dire si j'ai servi à quelque chose ça m'intéresse. J'aime servir à quelque chose. Ciao.

Je l'ai remercié chaleureusement. Après ça j'étais moralement obligé d'entrer dans le truc. Je ne savais même pas si je serais capable de la reconnaître. J'aurais préféré ressortir avec Merdier Occidental, qui m'intéressait, mais voilà ce que c'est que la veine, ça tombe, mais un peu n'importe comment. Du reste il ne m'avait pas invité.

Bref je suis entré, j'ai donné la carte avec un peu d'appréhension je n'ai pas une grande habitude des faux papiers mais le gars s'en foutait complètement de ce qu'il y avait dessus, il l'a mise de côté et m'a tendu une feuille.

Ah ça c'était joli par exemple, c'était malin, c'était fin! Qu'est-ce qu'il y avait sur cette bon dieu de carte? Comment je ferais pour la redemander? Quel nom marquer sur cette bon dieu de feuille où il fallait sûrement mettre le même? On peut bien dire que je suis la dernière des andouilles, moi qui me crois pourtant malin. Mais voilà, mettez un type hors de son milieu, de son petit train-train, et il devient bête comme un nouveau-né. La carte était encore sur la table, une seule solution :

— Excusez-moi Monsieur j'ai oublié quelque chose!

Je tendis la main, je lui restituai sa feuille, il y eut un vilain moment parce qu'il avait déjà oublié quelle carte, il fallut la montrer du doigt comme si j'étais tellement pressé que je ne pouvais plus parler et il a dû penser que ce que j'avais oublié c'était de pisser, à me voir me trémousser comme ça, enfin finalement, j'ai eu la carte, et j'ai filé. Question faux papiers, il y a un certain rodage et je n'étais pas encore très au point.

Alors bon, j'étais Thomas Ginsberg, et j'étais étudiant en chinois aux Langues orientales (pas Zoo) rue de Lille. Ne pas l'oublier. Etudiant en chinois ça m'allait bien tiens. Ça devait se voir comme le nez au milieu de la figure que je n'étudiais pas le chinois. En tout cas je suis allé pisser. Je commençais à soigner la vraisemblance.

J'ai jamais vu un endroit aussi couvert de trucs obscènes que ces chiottes-là. J'en étais bleu. Peut-être même rouge. Il y avait des rendez-vous entre filles, ou entre garçons. Sous un quelqu'un avait rajouté en rouge : moi aussi. Un (ou une) avait répondu : qu'est-ce que tu sais faire? Alors Rouge avait fait une liste, dans laquelle il y avait des mots que je ne connaissais pas à l'époque. Vexant.

Malgré ça, ça n'avait pas dû paraître suffisant au questionneur, car il (ou elle) n'avait pas répondu. Pauvre Rouge était donc resté comme un con, avec son beau catalogue sur les bras. Ça lui apprenait à employer des mots savants. Il y avait aussi des blagues. Une petite fille de dix ans (soi-disant) donnait des rendez-vous le jeudi derrière le guignol.

En sortant je baissais les yeux comme une vierge espagnole, il y avait peut-être un des écrivains dans le coin, prêt à sauter. Tout de même ces étudiants qui discutent là-haut comme des papes, et puis une fois là-dedans tout seul ça se laisse aller.

Thomas Ginsberg, étudiant en chinois. Quant à pourquoi je rentrais là... la force des choses; parce que j'avais une carte. Maintenant il s'agissait de ne pas avoir trop l'air d'une cloche. Je surveillai avec application les autres. Ils font le tour pour se chercher une place, ils posent leurs bouquins et leur manteau ou leur foulard ou ce qu'ils ont. Moi je n'avais rien du tout, c'était sûrement suspect. Après ils allaient avec leur feuille aux fichiers. Là j'étais carrément foutu. Pas de crayon; et un fichier pour moi c'était du chinois, je veux dire de l'hébreu puisque le chinois je connais. Je ne sais pas chercher dans ce truc-là. Une fois leur feuille remplie ils la donnaient à un homme derrière les grilles, et attendaient. L'homme revenait avec des bouquins. Dans le fond c'était simple, il suffisait de : vouloir un livre, savoir comment il s'appelait, de qui il était, où était sa fiche et dans quoi ça se classait. Merde. Ah j'avais du mal! Rien qu'à changer d'arrondissement, j'avais un mal de chien, qu'est-ce que j'aurais fait si je m'étais trouvé à Tahiti.

Ce qui m'a sauvé c'est la fille. Tout d'un coup je l'ai vue. Elle avait une pile devant elle; elle travaillait d'arrache-pied, prenant des notes dans un cahier énorme. Ça c'était une fille sérieuse : quand elle bouffait des croissants elle bouffait des croissants, combinant ça avec un bain de soleil, et quand elle boulonnait elle boulonnait. Subitement elle se leva, et, sans prendre sa feuille elle se mit en marche d'un pas ferme. Elle s'en alla au milieu, regarda dans des rayons et prit un bouquin monumental, sans rien demander à personne. Puis elle se mit en tête d'en prendre un deuxième.

— Je peux vous aider?

Ça tombait sous le sens. Elle me regarda d'un air méfiant puis elle sourit comme si elle me connaissait. Peut-être elle se souvenait de m'avoir aperçu, depuis le temps que je lui collais aux fesses.

— C'est parce que c'est très lourd, dis-je.

On porta chacun un bouquin jusqu'à sa place : vraiment elle en voulait celle-là. Elle était comme dans une forteresse. Elle me fit mettre les deux bouquins l'un sur l'autre devant elle, et là je compris que c'était le type en face, un vieux avec un sale air, qui la regardait tout le temps et ça l'emmerdait. Comme je ne suis pas trop bête dans ces cas-là je dis tout haut : maintenant je vais vous chercher le Tome Trois. C'est absolument indispensable.

Elle m'a souri gentiment; j'y suis allé tout seul. Alors je savais prendre un livre, au moins dans le libre-service. J'en ai pris un aussi pour moi, et je me suis installé pas tout à fait à côté d'elle, pour ne pas avoir l'air de demander l'addition.

Ce que je faisais c'est surtout pour avoir quelque chose à dire à Merdier Occidental. Qu'il m'ait pas prêté sa carte pour rien. La fille elle-même était un peu sérieuse pour moi, pas trop mon genre, et un peu vieille. N'était cette histoire de chemise de nuit et cheveux défaits, selon le cinéma du matin qui commençait à un peu s'user avec les heures montantes.

C'était un bouquin de médecine, merde. Enfin je n'avais pas eu le choix, et puisque mon job principal maintenant c'est de soigner la vraisemblance, je n'avais plus qu'à l'ouvrir. Physiologie du cerveau. Du chinois (bon, d'accord, du patagon).

Dans le fond c'est surtout par trouille que je dis comme ça tout de suite : du chinois. Je ne me savais pas timide; mais ici j'avais des complexes. Je n'avais pas changé de pays j'avais changé de monde, et c'est peut-être plus difficile; je me serais donc mieux débrouillé à Tahiti finalement. Eh bien, les voyages forment la jeunesse. Le bouquin n'était, donc, pas tellement opaque, en réalité on pouvait comprendre. Après tout j'avais fait des sciences naturelles non, un cerveau j'avais entendu parler, j'en avais même un dans le crâne et probablement j'allais même le sentir si je continuais, car j'aurais la migraine. Ils devaient expliquer ce que c'était la migraine du reste. Je trouvai une table des matières (j'avançais, j'avançais!) et il paraît que c'était dans le Tome Trois, ni une ni deux j'y bondis, je demande à la fille « si elle se servait de celui-là pour l'instant », et je lui changeai contre le mien. Du coup elle me prit vraiment pour un dingue, ou pour un type avec un vache sens de l'humour, et elle partit en fou rire dans son cahier. Son emmerdeur plia bagage et se barra : il était vexé. Elle me remercia d'un sourire, et moi je me montrai discret. Avec les filles je suis moins cloche qu'avec les livres, j'ai une sorte d'instinct, évidemment il ne faut pas qu'elle me plaise trop sinon j'accumule les conneries et je suis refait, mais la question n'est pas là. Elle est à la migraine. La migraine est, en général, une histoire de pression dans le liquide céphalo-rachidien, ce n'est donc pas sorcier. Il n'y a qu'à faire baisser la pression. Après ça je suis tombé sur une histoire de chien à qui on montre un bifteck en sonnant d'une cloche. Au bout d'un moment le clébard a pigé, dès que la cloche sonne il remue la queue. Plus même besoin de bifteck. Intéressant ça. Je me suis demandé si on ne pourrait pas sonner d'une autre espèce de cloche, ou mettons de la trompette, chaque fois que le chien a fini son biftek; alors on pourrait arriver, en faisant marcher la cloche et la trompette l'une après l'autre, à supprimer complètement le bifteck et que le chien soit tout à fait sûr qu'il avait déjà bouffé. Appliquez ça à tout le monde et voilà le problème du ravitaillement réglé, et quelle économie. Et pas de rouspétance, chacun ravi. Pour les riches, afin qu'ils continuent à se sentir pas comme les autres, on ferait le coup avec du caviar, et une cloche n or. Inconvénient : au bout d'un temps on est tous morts. Pas pratique pour le nécessaire. Mais pour le superflu, par exemple vous remplacez une belle entrecôte par un petit bout de barbaque pour le même prix. Où le kil de rouge par de la flotte et ils se croiront obligés de tituber. Ou bien vous passez un petit air, puis Brigitte Bardot faisant du strip-tease, puis un autre petit air et après vous collez un ministre à la place de Brigitte et tout le monde le trouve ravissant, je n'arrivais pas à mettre la main sur un vraiment bon exemple mais il y avait quelque chose là, je suis resté un moment sur le truc à réfléchir.

Je pris le fou rire : le vieux, s'il savait que je m'étais barré pour aller me foutre dans une bibliothèque à potasser la médecine! C'était de nature à le faire sortir de ses rails. Avec une carte d'étudiant en chinois. Ça risquait même de lui donner à penser. Non, là je rêvais.

« Mes chers parents. Ne vous tracassez pas pour moi je vais très bien je suis à la bibliothèque et j'étudie la Physiologie du Cerveau et les Réflexes Conditionnés. Votre fils affectionné, Christophe. » Au fond c'est simple, il me fait enfermer aussi, c'est son grand truc quand quelque chose lui échappe.

Et pourtant, tout de même, enfin, mettons les choses au pire, supposons que je m'intéresse pour de bon à la médecine : comment j'aurais pu m'en apercevoir sans le plus grand des hasards, et criminel en plus? Sans mon délit de fugue je l'ignorais toute ma vie. Bon, ce n'est pas vraiment le cas, mais, autre question : combien d'autres choses existent que j'ignore qu'elles m'intéresseraient et que j'ignorerai toujours à moins d'une révélation miraculeuse? Car non seulement — ça va être coton comme chaque fois que j'essaye de penser mais j'y vais — j'ignore qu'elles m'intéresseraient mais j'ignore qu'elles existent, et, en plus, j'ignore

38

qu'il existe une espèce-de-chose-comme-ça (bon, maintenant je ne l'ignore plus je viens de l'apprendre par hasard c'est déjà un point), mettons les Choses A.

Alors il y a les Choses A quelque part, qui sont juste ce qu'il me faut, et je ne peux pas aller les chercher parce que je ne sais pas qu'elles existent. Moi j'ai les choses B, qui sont chiantes, et démerde-toi. Ah c'est commode! Je suis enfoncé dans une purée d'ignorance. Ma tête me sert à peu près autant que si j'avais un champ à labourer et un fer à repasser. Un tas de foin à rentrer et une aiguille. La mer à boire et une passoire. Une fusée à expédier et un lance-pierre. Ce qu'il faudrait c'est refaire toute la planète autour de moi. Ou, comme nous l'avions parfaitement trouvé dans notre jeune temps en faire des neuves ailleurs, ce qui prouve qu'on ne s'arrange pas en vieillissant; car plus j'avance plus je m'y perds, c'est un vrai fourré. L'ennui final c'est que je ne suis pas intelligent. Ce fut ma conclusion après ma première tentative d'étude volontaire de ma vie.

Quant à leur physiologie du cerveau, rien là-dedans qui apprenne comment devenir intelligent. Dans aucun Tome. C'est pourtant important. Comment devenir idiot oui (le chien); mais pas comment comment devenir intelligent. Si je courais les bibliothèques c'est pourtant par là qu'il faudrait que je commence, sinon ça ne me profiterait pas. Merde, on ne nous apprend rien qui puisse vraiment servir.

La fille rangeait son fourbi. Je l'avais presque oubliée, j'ai une tendance à sombrer corps et biens dans ce qui est sous mon nez, prenez le présent et oubliez le reste. Il était clair que j'étais autorisé à l'aider dans le transport des Tomes. Après je lui dis que moi j'allais prendre un café, si elle voulait accepter mon invitation (je ne pouvais pas me lancer dans des frais réels). Non, elle allait déjeuner maintenant et elle ne prenait pas de café avant ça coupe l'appétit. Et après? Après elle avait cours. Elle apprenait quoi? Psycho dit-elle. Elle voulait être orientatrice. Ah ça je connaissais par exemple!

— Sale métier, lui dis-je.

— Vous trouvez? Elle était choquée.

— Supposez que vous demandez à un type s'il préfère avoir des poux, des puces ou des, des punaises (j'avais failli dire des morpions comme d'habitude). C'est ça non? (C'était ma grande théorie à propos d'orientation.)

Mais il ne fallait pas que j'en dise trop, je risquais de me trahir, de trahir ma nature non-étudiante. Je terminai sur un ton un peu d'ici (un essai tout au moins) : les métiers qu'on propose aux pauvres sont si déprimants.

— Evidemment. Si c'est ainsi que vous l'entendez. Mais justement pourquoi ne pas essayer d'arranger les choses si on le peut? Les mettre un peu mieux en ordre? Elle prenait sa mission très à cœur, elle y croyait, merde.

— Je ne sais pas, lui dis-je, s'il faut vraiment chercher à arranger, et puis comment? Au fond qui c'est qui est mieux fait pour avoir des puces que des poux, et qui pour avoir des poux plus que des puces? Alors moi je préfère que le type qui est mieux fait pour les puces, ait des poux. Ça lui laisse au moins le droit de râler.

— Vous êtes drôle, dit-elle, plutôt gentiment. Vous êtes un petit anarchiste.

Elle en tout cas elle l'était pas. Ça m'amusait de voir l'envers d'une orientatrice. De l'ordre ils voulaient mettre là-dedans. Les braves gens.

— Et vous qu'est-ce que vous faites?

— Oh moi...

J'étais pris de court. J'aurais pourtant dû être préparé à la question. Et dans le fond il fallait que je m'y prépare, si je ne voulais pas me faire coincer un moment ou l'autre. J'avais été, depuis le début, d'une imprévoyance navrante.

— Je fais un peu tout en ce moment. Un peu de chinois. En réalité je cherche.

— Peut-être que vous avez besoin d'une orientatrice? dit-elle, moqueuse.

— Sûrement. Sûrement que j'en ai besoin (je n'allais pas louper la perche).

— Alors vous voulez mettre de l'ordre dans votre désordre? Je croyais que vous aimiez le désordre?

Elle n'avait rien compris.

— Mais je ne suis pas en désordre! lui dis-je; c'est le reste!...

— Mazette, dit-elle, recourant du coup à l'argot (dans sa catégorie tout au moins).

— Tenez, c'est sûrement dans vos cordes, pouvez-vous me dire comment on devient intelligent?

— Mais on ne le devient pas! On l'est ou on ne l'est pas.

— Ah vous croyez ça?

C'était désespérant. Le couperet, quoi.

— D'ailleurs vous n'avez pas l'air bête.

— Peut-être. Je ne sais pas. Mais j'ai absolu-

ment besoin de l'être encore moins. C'est ce que je
cherche en ce moment, si vous voulez savoir.
(J'avais trouvé.)

— C'est une noble aspiration, dit-elle. Mais
peut-être qu'il n'y a qu'à attendre? Ça viendra avec
le temps?

— Ah ça je suis sûr que non par exemple! S'il y
a une chose dont je suis sûr!... Vous n'avez qu'à
regarder autour : plus ils sont vieux plus ils sont
cons. C'est expérimental. Peut-être qu'on ne peut
pas devenir intelligent (je ne l'avais pas digéré),
mais con on peut.

— Vous êtes drôle, dit-elle. Elle me trouvait
drôle.

On était arrivés à son restaurant. La cantine plutôt. Une grande bâtisse, pas gaie. Un type demandait des cartes à l'entrée. Naturellement. Quelle
espèce de carte je ne savais pas, ni si la mienne
était valable. De toute façon je n'avais pas la moindre envie de bouffer là-dedans.

— Bon, alors au revoir.

— Au revoir, dit-elle.

Comment raccrocher? Pas que j'en avais une
envie brûlante mais c'était un peu court, comme
compte rendu. J'ouvrais la bouche pour lui demander ce qu'elle faisait ensuite du cours et à ce
moment-là elle dit :

— Vous retournez à la bibliothèque?

C'était discret, mais quand même. J'ai l'oreille
fine.

— Oui oui bien sûr (et comment!). Il faut bien.
Demain matin. Ecoutez, si vous voulez, je pourrais
venir vous apporter des croissants avant?

— Des croissants mais quelle idée?...

— Oh une idée comme ça. Je viendrais vous prendre et on irait à la bibliothèque. Vous n'aimez pas les croissants?

— Si, beaucoup...

J'ai senti que je l'avais. Et d'une façon inespérée. Elle ne savait pas comment s'en sortir, ou bien elle ne voulait pas tellement (il n'y avait qu'à dire : je n'aime pas les croissants), elle était embrouillée, finalement elle me fila son adresse, avec une facilité bizarre, comme sans faire exprès, à croire que je l'avais hypnotisée, la surprise, et mon jeune âge en somme qui lui donnait une sorte de sécurité, elle pouvait me considérer comme un gosse en poussant un peu, et bref j'aurais les cheveux défaits et la chemise de nuit car j'arriverais à huit heures et demie pour plus de sûreté au lieu de neuf — Bon dieu, j'avais un rendez-vous! Du diable si j'y comptais. C'était juste une rêverie en l'air et jamais je n'avais même songé que ça pourrait être autre chose. Matérialisé. Comme si je l'avais embarquée dedans au passage; dans mon cinéma. Comme quoi il faut rêver. Peut-être que ça se plante comme les radis.

●

Le hasard m'a conduit droit sur un marchand de saucisses-frites pas cher. Je me suis offert un gâteau pour passer le goût. J'ai le palais délicat. Et un café pour faire glisser le gâteau. J'ai aussi bien déjeuné qu'à la maison. J'ai eu une pensée pour ma pauvre mère qui avait dû mettre une assiette et allait la rentrer propre, en se demandant si je n'étais pas sous un autobus. Quoi faire avec eux, mettre un mot? Passons. Idée assommante. Je suis parti et voilà. Après je suis entré dans un cinéma, ils ne sont pas chers non plus dans le coin. J'ai vu une histoire bizarre, d'une fille qui glande on ne sait pas pourquoi. Au début du film elle quitte son amant, on ne sait pas pourquoi non plus on ne l'explique pas nous on arrive à la fin de leur scène, et au bout du film elle s'en trouve un autre, qui a l'air assez con du reste, et on ne sait pas comment ça va tourner leur affaire, on ne l'explique pas non plus, et entre les deux, elle glande. Voilà l'histoire. Si on peut dire. A peu près comme si un type s'avisait de me suivre avec une caméra depuis hier, juste quand le père me dit Pousse-toi; il n'arrive absolument rien (et en même temps, il n'en est jamais tant arrivé, mais invisible, que la caméra ne peut pas attraper et elle est là, faisant de son mieux et complètement aveugle). Je suis sorti de là avec l'impression que j'étais pas allé au cinéma mais que j'avais continué de glander. Supposons en train de suivre la fille en question. Moi je l'aurais pas laissé glander si longtemps, je lui aurais tout de suite demandé si elle aimait les croissants et avec moi le film durait cinq minutes.

Tout de même, j'avais un rendez-vous demain matin, moi. La fête. J'apporterais des croissants bien chauds. Au beurre. Au diable l'avarice. Vive Bambi! — quel salaud.

J'avais encore une chose à faire avant d'aller au Minus Bar (je n'avais qu'une envie depuis des heures, aller au Minus Bar, je me tenais à quatre, je tirais, il avait dit cinq heures. J'étais fantastiquement attiré par Merdier Occidental), c'était de

44

m'acheter deux bouquins et une courroie pour mettre autour, comme j'avais vu les types au Luxembourg. J'avais repéré la boutique avec des bouquins de classe d'occasion, il s'agissait de prendre les moins chers, avec une couverture bien chiante, la plus éculée possible. Soigner la vraisemblance jusque dans les plus petits détails, et en plus c'est marrant; petit exercice mental. Après une visite soignée des étalages, j'élus un Algèbre Elémentaire et Eléments de Trigonométrie, verdâtre et usé; le mot « élémentaire » me rassurait; et un « Précis de Logique », dont le titre me plut, je m'aperçus une fois acheté qu'il était pour la philo; bon, j'étais un petit prodige, ça ne coûtait pas plus cher. Je passai pas mal de temps après la courroie. Je n'en trouvais pas. Il fallut passer le fleuve et aller à la Samar, où à l'entracte on nous dit toujours qu'il y a tout. Ça me promenait après tout, et dans des parages agréables. En traversant le pont j'ai vu un jardin en bas et j'y suis descendu. Joli. Des arbres, de l'eau. Dégueulasse, mais ça coule. Finalement j'en faisais du tourisme. Si j'ai le temps, je finirai bien par aller au musée du Louvre, qui sait si je ne trouverai pas même là quelque chose?

Je me suis baladé dans les rayons. Alors l'idée m'est venue de piquer. Pour m'exercer: il faudrait bien que j'y vienne un moment ou l'autre, autant avoir déjà la main. Ce n'est pas un complet mystère, nous avons pas mal chapardé tous ensemble, pour le principe et pour se faire plaisir. Mais toujours à plusieurs et jamais dans les grands magasins. Seul c'est différent. L'ennui c'est que je n'arrivais pas à trouver quoi voler. Rien ne m'intéressait vraiment. Il fallait tout de même que ça me soit utile. Je devais avoir besoin de plein de choses, puisque je n'avais rien. Eh bien, c'est bête; non. Ni besoin ni désir : étais-je donc comblé? Et puis il ne fallait tout de même pas que ça m'encombre... J'étais presque à renoncer, mais je me rendais bien compte que ne trouver rien était un peu une façon de me défiler, habilement.

Mon vieux, maintenant que tu as eu l'idée, tu ne sortiras pas de là les mains vides. C'est trop commode de jouer les ermites. En passant devant les mouchoirs, je découvris que je n'avais pas le mien. Il faut un mouchoir, non? Je pouvais avoir envie de me moucher. Du reste, l'envie m'en venait. Bon alors tu en fais un. Tu as besoin d'un mouchoir, ils sont là, tout va bien. Personne ne s'occupait de moi, la fille du stand était après une bonne femme, me tournant le dos, si j'avais voulu attirer son attention j'y serais pas arrivé, une autre arrangeait des chaussettes, on se serait senti plutôt abandonné que surveillé. Je le pris, j'en fis une boule dans ma main et je poursuivis mon chemin la tête haute. Un peu plus loin je fourrai ma main dans ma poche. Le tire-jus était englouti. Au stand suivant je demandai à la femme où je pourrais trouver une courroie pour attacher mes livres, je les désignais, les deux mains visibles. Dans l'autre magasin. Je remerciai poliment et me dirigeai d'un pas ferme vers la sortie. Passé la porte les inspecteurs ne peuvent plus vous agrafer, vous pouvez leur dire que le truc est à vous depuis votre baptême, du moins à ce qu'on dit. Je marchais.

La trouille que j'ai eue, sur ce tout petit parcours, c'est pas croyable; c'est même inavouable, mais j'ai décidé de tout avouer. Un bonhomme m'avait suivi des yeux, un autre avait avancé comme vers moi. Je suis resté de glace mais je me suis retrouvé dehors en nage avec le cœur qui faisait des zigzags — comme quoi j'avais réellement besoin d'un mouchoir. Et il a fallu que j'aille me taper une bière, qui si ça se trouve coûtait le même prix, que j'ignorais car j'avais fait une boulette de la petite étiquette collée et je l'avais laissé tomber tout en marchant (d'une façon qui aurait pu d'ailleurs être plus dégagée).

Je n'étais pas doué. D'un autre côté ce n'est pas pareil de chaparder en bande pour se marrer, et de faire ça tout seul, dans un grand truc, tout seul et plus que tout seul, en rupture de foyer. Peut-être que c'est même plus dur que les coups organisés de Jeff et son gang : la nuit, la rue déserte, chacun sa tâche, et le pet; on se sent soutenu. L'isolement, c'est ce qu'il y a de plus difficile au monde.

Quel drame, pour un malheureux petit mouchoir! Je me mouchai dedans, je le chiffonnai bien, et je l'enfouis dans la poche de mon froc bien au fond. C'était en somme réglé. La prochaine fois, ça coulerait déjà mieux j'en étais sûr. Je rentrai dans l'autre magasin la tête haute, je trouvai mon rayon, et la courroie, je l'achetai.

J'étais paré. Les livres ligotés, chaque couverture à l'extérieur bien visible à des dizaines de mètres, rien ne me distinguait plus de quelqu'un qui a sa place dans le monde. Je me suis regardé dans une vitrine : j'étais parfait; le lycéen sublime. J'avais l'air beaucoup plus dégagé, je me trouvais même embelli. Une expression de candeur éclairait mon visage jusque-là plutôt voyou (enfin il me semble, je crois me souvenir, c'est si loin déjà je peux me tromper). Il ne me manquait que les lauriers sur le front.

Les masques sont une vérité qui s'ignore
• Les passions sont le chemin de l'édification
• Limites du paradoxe • Vol et récupération
des biens terrestres • Sept millions de
Samouraï •

Je finis par découvrir le Minus Bar dans une
petite rue en bas du boulevard, pleine de hippies.
L'endroit était bourré, et ça jouait du jazz à plein
tube. Eh bien il était là. Il était assis et il jouait au
poker.

— Tiens c'est toi. Prends une chaise. Qu'est-ce
que tu bois ?

— Un café.

— Un café ! beugla-t-il. Paco ! et un cognac pour
moi.

Les trois types avec qui il jouait me regardaient
comme tout un troupeau de vaches, en silence.
Puis ils regardèrent Merdier Occidental avec le
même air bovin, tout ça au ralenti.

— Parole, dit celui-ci sans s'apercevoir (ou faisant semblant).

Ils plongèrent le nez dans leurs cartes. L'un se
mit à siffloter. L'autre dit, comme pour soi :

— Il nous avait caché ça. Et le troisième :

— On en apprend tous les jours.

— Ce sont les surprises de la vie, dit Merdier Occidental avec calme. Alors tu suis ou tu siffles, Merle?

— Je siffle, dit Merle.

— Je monte.

— Et moi je surmonte, dit l'autre. Avec peine. Ma stupeur.

— En tout cas félicitations, dit Numéro Deux. Il est ravissant.

C'était moi!

— Vous ne pourriez pas jouer sérieusement? dit Merdier. Pour une fois que je gagne.

— Chip, dit Merle.

— Suivi.

— Suivi.

— Suivi.

— Cartes?

— Deux.

— Deux.

— Servi.

— Deux francs.

— Quatre.

— Passe.

— Huit.

— Je vois.

— Merde j'ai bien fait, dit Numéro Trois (Merdier avait un brelan d'as).

— J'étais sûr que tu bluffais, dit Merle. Salaud.

Merdier Occidental ramassa les plaques. Il avait déjà un sacré tas devant lui. Merle sifflota l'air de Il est cocu le chef de gare.

— D'où venez-vous mon petit, me susurra

50

Numéro Deux, de chez le coiffeur ou de chez la couturière?

J'avais hérité le rôle du con dans leur jeu. Ma seule ressource c'est d'essayer de faire bonne figure. L'ennui c'est que je ne trouvais pas une seule réplique; ils allaient trop vite.

— T'occupe pas petit me dit Merdier, ce sont de vraies petites perruches, il faut que ça jacasse.

— La vérité c'est qu'on est jaloux, dit Merle sur un ton tantouzard.

— C'est toujours lui qui se fait les plus belles baraques c'est vrai ça c'est lassant à la fin! enchaîna Numéro Deux sur un ton également parfaitement imité, en trémoussant son cul sur sa chaise.

— C'était vraiment la dernière ou on refait un tour? demanda Numéro Trois.

— Si la présence de Phaidros n'obscurcit point trop les esprits de Socrate, dit Deux.

— Justement si elle les obscurcit, dit Merle, on a peut-être comme ça une chance de lui en repiquer à ce cochon-là, faisons un tour de pot.

Ils firent un tour en jouant plus gros, et finalement Merdier Occidental ramassa encore des grandes plaques.

— N'a point obscurci, soupira Merle.

— Les passions sont le chemin de l'édification mon cher Phaidros, me dit à moi Merdier avec un sourire entendu auquel je fus sourd. Le chemin de la main gauche, précisa-t-il sans que ça m'éclaire. Qu'est-ce que je devais avoir l'air con.

— Alors d'où veniez-vous? me demanda Deux, avec sévérité. Allez-vous le dire maintenant? vous nous le devez bien ça nous a coûté assez cher. Ce qu'il peut être timide encore... Il débute sans doute?

Ça on pouvait dire qu'ils avaient inventé un chouette jeu. Ils s'en donnaient... A moins — et si ce n'était pas un jeu? Ils n'en avaient pas l'air à les voir, mais je suis pas un expert. Je commençais à faire des angoisses. Et s'ils jouaient, ces fortiches, m'énerver d'entrée me coulait à leurs yeux, autant partir aussi sec. Dans tous les cas j'avais l'air d'un gland.

— Je suis allé à la bibliothèque, dis-je platement, dans une tentative désespérée d'arrêter les frais. Je me demandais si je n'avais pas rougi. Je n'arrivais pas à trouver le ton j'étais une pomme. Et merde jouer les tapettes je ne suis pas doué moi! Je vous ai rapporté la carte, dis-je.

— Tiens mais au fait c'est vrai comment ça a marché? dit Merdier Occidental, prenant la balle au bond avec il me sembla comme un certain soulagement.

— Au poil (là j'étais plus à mon aise). J'ai rendez-vous demain matin dans sa chambre, avec des croissants.

— Et il lui dit tout! s'extasia Merle. Ce n'est pas Phaidros c'est Agnès.

— Elle est bien? dit Merdier sans s'occuper de l'intervention.

— Quoi, une fille? s'écria Deux, outré. Tu ne devrais pas le laisser, dit-il à Merdier, il pourrait prendre des mauvaises habitudes, et après pour les lui faire perdre...

— Je suis pour la liberté sexuelle, dit Merdier.

— Moi aussi, moi aussi! dit Deux. La mienne. Celle des autres c'est toujours plus délicat. Les

Autres ne savent jamais faire bon usage de leur liberté. Regarde les nègres : quand nous étions là ça marchait au quart de tour, et vois à présent...

— Ta gueule Boubou commence pas dit Merdier, j'ai horreur du paradoxe en politique on sait où ça mène.

— Et sans paradoxe où ça mène? dit Merle. A l'orthodoxe. T'aimes mieux l'orthodoxe ou le paradoxe?

— J'aime mieux le lard, dit Boubou.

— Surtout manipulé par un nanti, poursuivit Merdier imperturbable, je ne distinguais pas s'il plaisantait ou s'il était sérieux; dont le père a tiré ses millions de la sueur desdits nègres.

— Tu oublies celle des Arabes, dit Merle.

— Du mur de l'Atlantique, dit Trois.

— Aujourd'hui du misérable prolétariat espagnol.

— Portugais.

— Grec.

— Capverdien, dit Boubou lui-même, on les oublie toujours ceux-là.

— Ta graisse est faite de la sueur des nations, dit Merdier Occidental.

— Ce qu'il faut endurer, dit Boubou avec résignation, à cause d'une relation purement chromosomique. C'est le seul moment où nous avons été liés, mon père et moi. Depuis je dois supporter l'iniquité. Racistes! On a pourtant combattu ensemble, au coude à coude! Qui c'est qui mettait le feu aux bagnoles avec les frères petits-bourgeois rue Gay-Lussac?

— Oh, non! Pas Mai 68! dit Trois.

— Espèce de Goebbels, tu sais parfaitement que c'était les flics déguisés en gauchistes qui mettaient le feu aux bagnoles. Les gauchistes avaient autre chose à faire.

— Epancher leurs virilités triomphantes!

— Ah c'était le bon temps.

— Plus on faisait la Révolution plus on faisait l'amour.

— Et plus on faisait l'amour plus on faisait la Révolution.

— Et plus on faisait la Révolution plus on faisait l'amour.

— Et plus on faisait l'amour plus on faisait la Révolution.

— Et cetera. Sans arrêt.

— A la fin on n'en pouvait plus.

— Heureusement ça n'a pas duré.

— Moi j'en ai marre, dit Merdier Occidental, plongeant subitement dans la tristesse et il me lança un coup d'œil bizarre, comme un peu honteux.

— Il ne peut pas vivre sans la Révolution, me dit Boubou, confidentiellement à haute voix. Ça le tue.

— Revolucion o muerte, dit Merle. Voilà Thomas Ginsberg.

— C'est un désespéré remarquable me dit Boubou. Vous a-t-il fait le coup de la Révolution derrière?

— Voyons Boubou un peu de décence laisse-lui le temps de se retourner.

— Ils confondent l'humour avec le comique troupier, ce sont bien des Français. Bande de! dit Merdier. De tout ce tas de mythes, marre j'ai.

54

Nous vivons dans le mensonge. La vérité est que je n'ai pas baisé une fois, en Mai, il est temps de le dire.

— A vrai dire, moi guère, dit Boubou.

— En réalité on n'avait pas tellement le temps, dit Merle, de façon à s'excuser.

— Nous vivons dans le mensonge à l'ombre d'un drapeau rouge qui ne fait plus bander personne, dit Merdier. Ou même noir. Je veux dire que les drapeaux ne font plus bander. Et je veux dire qu'il est temps de cesser de faire semblant et j'en ai marre.

— Qu'est-ce qui fait bander, voilà la question, dit Boubou.

— Les femmes, dit Merle.

— Peut-être, dit Boubou avec sérieux. Mais faut s'accrocher. Ma sœur est bien plus bandante depuis qu'elle marche de République à Nation. Elles ont des drapeaux à fleurs, elles.

— Les enfants, dit Merdier.

— Toi bien sûr tiens, dit Trois, lourdement.

— Et les fous, dit Boubou.

— C'est vrai, c'est vrai! s'écria Merdier avec enthousiasme, tout ça c'est très vrai. Mais nous autres, nous nous jetons sur tous ces beaux nonosses et nous nous les disputons comme des chiens et le gagnant cavale le rapporter à son Maître.

— Qui ça nous.

— Quel maître.

— Moi j'ai pas de maître, dit Merle. Ni Dieu.

— L'ex-mien est mort, dit Boubou, j'en ai plus.

— Ah ah, dit Merdier. La pensée occidentale...

— Ça y est, dit Merle, nous y revoilà.

— Un chinois et il parle de l'occident, dit Trois,

à qui personne ne fit attention comme d'habitude. C'est pas ton maître Mao?

— La pensée occidentale change tout en merde.

— C'est parti pour une belle soirée mystique je le sens, dit Boubou.

— Non, parce qu'on va aller dîner tous les deux Phaidros s'il est d'accord, tu es d'accord? et laisser choir ces immondes cartésiens. Avec le fric que je leur ai piqué. Tu peux dîner dehors?

Tu parles que je pouvais. D'ailleurs j'avais une de ces dents.

— Cochon, dit Boubou. Il trafique sur des os. Paco tu mettras mes cognacs sur la note de monsieur Ginsberg.

— Ok Paco, sur ma note. Que les bouffons boivent.

On est sortis. Merle Boubou et Trois marchaient derrière, continuant à faire les cons, et on remonte le Saint-Michel.

— Qu'est-ce que tu trimballes là? me dit Thomas.

— Oh c'est rien.

— Algèbre. Logique. C'est pas rien. Tu es lycéen! me dit-il d'un ton accusateur, tellement que je me défendis et je jurai que non, bêtement. Non quel œuf je suis, oh et puis merde moi non plus j'aime pas trop vivre dans le mensonge.

— Voyez-moi ça! s'extasiaient les trois andouilles derrière, il lui porte ses livres! Sont-ils pas chou! Le carré de l'hypothénuse est égal à deux droits! proclama Boubou en changeant de voix virilement quand on croisa trois flics.

— Inversement plongés dans un liquide.

56

— A la vitesse de la lumière.

— Pas du tout, à la vitesse du son.

— De la lumière!

— Du son!

— De mon cul, qu'est-ce qu'on peut se marrer en république merde acheva Boubou quand les flics furent passés. Safari-gauchistes, safari-drogue, safari-pédale, tu sais plus quel suicide choisir.

Il n'y avait pas grand monde dans le joyeux quartier des étudiants à cette heure-là, on se serait plutôt cru sur le boulevard Haussmann après la fermeture des Galeries Lafayette.

— Quel endroit sinistre, merde.

— Merde, quel endroit sinistre.

— Quel merde sinistre endroit.

— Merde.

— Qu'est-ce qu'ils veulent qu'on se fasse chier! dit Boubou.

— A mort, dit Thomas. Eux, c'est la mort qui les fait bander.

— Merde merde merde, dirent tous.

— Qu'est-ce qu'on va devenir.

— Fous.

— Ça va chier, un jour ça va chier.

— On ne devrait plus y foutre les pieds.

— Où on irait? A la tour Montparnasse?

— Nulle part.

— Nulle part, dit Thomas, ça se dit en grec : Utopie.

— Ha ha ha!

— Ben, dit Thomas. Ben quoi.

Faut penser à tout, dit Thomas.

Je viens d'avoir comme une lueur, dit Thomas.

Je suis dans une humeur bizarre, dit Thomas. Je ne sais pas pourquoi.

*
**

Ils rentraient dîner chez eux de toute manière tu sais, dit Merdier Occidental d'un ton rassurant, il devait voir que j'en avais ras le bol. Ces punaises avaient fait croire qu'ils nous laissaient seuls par discrétion, je commençais à développer une mentalité de pucelle effarouchée, consternante. Pas toi? Tu ne rentres pas dîner à la maison? dit-il.

— Non.

Tout sec comme ça à dire ça faisait bizarre, mais je ne trouvais pas de bateau sur l'instant. J'arrivais toujours à me faire surprendre par des questions, je n'étais pas préparé, comme si je ne faisais rien pour, je ne cherchais même pas d'avance. Ça m'était pour ainsi dire égal. Au fond, mentir m'emmerde, à part quand c'est marrant.

— Ah, dit-il.

Tout sec aussi.

— Tu es orphelin?

— Non. Toujours pas de bateau, et pas envie.

Il ne demanda plus rien et commanda le menu pour les deux, de toute façon je ne connaissais rien à ces plats-là. Il souriait dans sa barbe absente. Il avait l'air de se douter du coup. A la manière dont j'avais sorti ça on flairait l'histoire à vingt kilomètres. Et il attendait tranquillement si j'allais me décider. Il me plaisait Merdier Occidental. Il avait quelque chose d'extrême, qui n'allait pas ensemble, comme triste et gai, mais alors très. Et sa gueule bizarre, pleine de cheveux. Et il regarde vraiment. On ne trouve pas souvent des types qui ont l'air d'écouter. Bien que je disais rien. Mais justement.

— Bon, je me suis taillé de chez moi, je suis en cavale. (C'était sorti; la vérité c'est que j'en avais envie; je ne l'avais encore dit à personne.)

— Je commençais à me douter d'un truc de ce genre.

— Ça se voit?

Merde si ça se voit c'est râpé d'avance.

— Disons que ça se flaire, et ça se déduit. Remarque, le coup des livres ce n'est pas mal. Tu ne les avais pas ce matin je crois?

— Mais à quoi, ça peut se voir? Je suis normal!

— Et tu crois que c'est normal d'être normal? Tu as l'air en liberté, c'est parfaitement insolite, ça ne court pas les rues. La bête qui serait sortie du zoo...

Plutôt agréable. Bien que pas pratique. Mais agréable.

— Tu avais cette tête-là avant? Elément d'information intéressant mais difficile à obtenir. Non, même toi tu ne peux pas le savoir, par suite de la loi d'Indétermination. C'était quand?

— Hier. Je me tortillais pour me trouver en face d'une glace. Je ne sais pas. Peut-être pas tout à fait. Mais alors, les flics peuvent le voir aussi?

— Ce n'est pas exclu. Ils sont dressés pour. Ils reçoivent même un conditionnement spécial pour les mineurs, ils les ont en quelque sorte dans le nez; ils les flairent. On est pointilleux sur les mineurs, ils sont protégés par la Nation, tout spécialement contre eux-mêmes. Le grand secret, c'est

59

que la Nation en a une peur bleue, ajouta-t-il avec un sourire de miel.

— Qu'est-ce que je peux faire? Je suis venu ici parce que c'est plein de types de mon âge, qui glandent...

— Penses-tu qu'ils glandent! Ils boulonnent les malheureux, ils préparent leur avenir. Ils ont tous un fauteuil de pédégé dans leur gibecière. Tu veux plutôt des conseils pratiques? Avoir l'air un peu comme tout le monde.

— De se faire chier?

— Plus ou moins.

— C'est vache. Si je dois m'emmerder à avoir l'air de me faire chier...

— N'exagérons pas, il suffit d'avoir une conscience globale et de se rappeler de temps en temps; avec quelques petits trucs tu t'en tires : on attend un autobus, on regarde sa montre, tu as une montre? on se presse pendant cinq minutes, tu trouveras bien tout seul.

— On dirait que vous vous y connaissez. Ça vous est arrivé?

— Oui, mais il y a prescription.

— C'était pourquoi vous? Parce que moi c'est bizarre. Ça s'est passé drôlement. Je vous embête pas avec mes histoires? Vous, vous allez peut-être comprendre. Voilà on se met à table — je vous embête pas? — et le vieux me dit : pousse-toi un peu tu me bouches l'écran. Il n'y avait rien sur l'écran! Vous comprenez? Je n'ai pas voulu le braquer, j'ai été patient, j'ai dit mais alors vraiment gentiment : je me pousserai quand il y aura quelque chose. Pas plus. Il est devenu blanc comme un linge, il m'a dit : je t'ai dit pousse-toi. C'est tout.

Rien d'autre. Je suis parti. Je ne peux plus revenir. Ça s'est fait absolument sans drame, dans le calme, et c'est terminé. Je n'étais même pas fâché, ni nerveux. C'était juste clair, comme du cristal : il est dingue, du champ. Jamais je ne me suis vu si calme, dans toute ma vie. Ils auraient pu parler, crier, tempêter et d'ailleurs ils l'ont peut-être fait et que j'ai pas entendu. J'étais déjà plus là je ne suis plus avec eux. Tu comprends ?

— Parfaitement.

— Moi, qu'à moitié.

— C'est un Œdipe splendide. Freud en aurait mouillé son froc de ravissement : plus même besoin de tuer le père, on constate simplement qu'il est mort.

— Oui voilà, il est mort. Et dans le fond ça ne date pas d'hier, je m'en suis seulement aperçu hier. Et je ne savais même pas que je partais, je m'en suis aperçu une fois fait, dehors. Et depuis c'est comme ça, je me suis mis à me foutre d'un tas de choses, je suis comme tranquille; pas que je râle pas je râle tout le temps mais c'est ma nature et les occasions ne manquent pas, où j'étais, ça y est je me suis encore perdu...

— Je crois que je te suis.

— Vous avez de la chance parce que moi je me perds moi-même à chaque tournant j'ai la tête qui fleurit dans tous les sens je sais pas ce que j'ai.

— La liberté, c'est le printemps de l'esprit. Alors tu te foutais d'un tas de choses.

— Oui, de tout. Imaginez que quand j'ai quitté la baraque vous savez où j'allais ? A Tahiti. Puis je me suis dit quoi Tahiti ? c'est pareil, sauf qu'il fait chaud et qu'il y a la mer mais est-ce que je pars en vacances? Je ne suis absolument pas en vacances, ça c'est clair, ce serait plutôt le contraire, je suis occupé comme jamais. Alors j'ai compris que ce n'est pas une question d'endroit, je m'en fous où je suis, et je m'en fous de ce que je vais faire la minute d'après, j'ai découvert que c'est fou de vouloir prendre tout l'avenir d'un coup. Et puis j'ai découvert que je n'ai besoin de rien : je n'arrivais même pas à trouver quoi voler. Et puis j'ai découvert que je recule, je n'avance pas. Je suis comme heureux. Vous croyez que je suis fou?

— Ce matin pendant que je discutais avec mon orthodoxe, je te regardais. Tu étais appuyé à cette balustrade, tu foutais absolument rien. Mais absolument rien. Pas même attendre. Planté dans l'espace. Juste en train de vivre. Correct?

— Complètement. Je pensais même plus à la fille, je foutais absolument rien. J'attrapais des bouts de ce que vous disiez Merdier Oriental et vous, et je n'y comprenais pas un atome, et je n'essayais même pas. J'étais bien.

— Qui ça Merdier quoi?

La gaffe. Les nuages. Dans ces cas-là mieux vaut y aller.

— Le barbu en collier, c'est la première phrase qu'il avait dite et je l'avais appelé Merdier Oriental.

— Et moi je ne m'appelais rien par hasard?

Tant pis. Je l'ai regardé joyeusement. Tant pis pour lui il n'avait qu'à pas être si curieux. « Vous, vous étiez Merdier Occidental. Pour la même raison, enfin... »

— C'est un assez beau nom je dois dire. Et qui ne me va pas mal. Par contre tu me tutoies si ça

62

ne te gêne pas ou moi je te dis vous. Bref alors je me suis dit : qu'est-ce que c'est cette chose qui ne fout absolument rien et d'espèce humaine, il faut que je voie ça de près. Et c'était bien ça : la bête sortie du zoo. Non tu n'es pas fou.

— Vous n'êtes pas orientateur par hasard?

— Je serais plutôt désorientateur... Il rit. Non. Ni flic. Ne t'inquiète pas que je ne vais pas tenter de te remettre sur le droit chemin je n'y suis pas moi-même. En réalité, je suis zoologue. Je m'intéresse aux animaux. Spécialement ceux d'espèce humaine, mais il y en a de moins en moins, on a toutes les peines à récolter des spécimens, le type est en voie d'extinction. Ou plutôt d'extermination; mais insidieuse : on ne les tue pas on modifie l'environnement; on appelle ça urbanisme entre autres, c'est très subtil. On ne tue pas on empêche de vivre. C'est comme ça qu'ils ont eu les ours du Velay, de très charmantes bêtes; et bien d'autres choses. Aussi je me suis dit en te voyant posé en haut des marches : c'en est un, ne pas le laisser échapper. Car c'est assez sauvage.

— Oh moi je ne suis pas tellement sauvage.

— Tu t'es laissé cueillir très gentiment.

— J'avais plutôt l'impression d'être indiscret à écouter là comme ça, quand tu m'as regardé j'ai essayé de prendre un air normal.

— Anormal.

— Merde comment tu veux qu'on s'y retrouve avec ces mots qui veulent dire sans arrêt le contraire!

— En examinant quelle classe les utilise : à qui profite le crime, au niveau du langage. Mais avec celui-là c'est particulièrement ardu : l'espèce humaine normale est un phénomène inconnu, personne ne l'a encore jamais vue.

— Et c'est ça que tu cherches dans la vie?

— Ah j'aimerais bien... et en somme oui, c'est ça que je cherche, dans la vie, tu as raison..., spécimen... je ne sais pas ton nom ça devient gênant.

— Christophe.

— Christophe tu as raison. Même je devrais en faire mon sujet de thèse, justement je n'arrivais pas à me fixer, tu tombes à pic. Recherche de la Notion d'Etre Humain Normal. Dans son état actuel, il faut se limiter. Tu pourrais certainement m'aider tu t'y connais mieux que moi. Et tu es mon spécimen après tout. En fait dans la vie, comme ils signifient eux, je suis ce qu'on appelle un sociologue. Mais c'est dégueulasse. Au fait pourquoi orientateur j'ai la gueule à ça?

— Oh non. C'est à cause de la fille de ce matin, une idée idiote. C'est ce qu'elle fait.

— Sale métier.

— C'est exactement ce que je lui ai dit. Ça ne lui a pas plu. Elle y croit. Je lui ai dit : qui est mieux fait pour avoir des poux que des morpions et qui le contraire?

— Excellente formulation, et qu'est-ce qu'elle a trouvé à dire?

— Elle n'a pas compris, elle a dit que j'aimais le désordre et que j'étais anarchiste.

— Brecht, qui n'est pas anarchiste, a dit : « Je ne veux pas de règles dans une porcherie. » Tu vois il est d'accord avec toi. Et moi aussi.

— C'est tout à fait ça; c'est malheureux que je ne sache jamais dire ce que je veux. Alors vous êtes tous d'accord, tous les boulots sont dégueulasses. Alors? Ce matin j'y pensais (ce que j'ai pu penser ce matin c'est pas croyable), je me disais il y a de quoi préférer crever, mais j'aime la vie, alors? Comment on sort de là?

— En devenant très grand et fort pour foutre les cochons dehors. Ce n'est pas les boulots qui sont dégueulasses au départ, c'est leur utilisation à l'arrivée, parce que tout dans ce système est détourné.

— Comment ça?

— Oh c'est une longue histoire.

— Tout de même. J'ai le temps. Vous savez j'ai tout mon temps. Je suis libre.

— Bon. A qui c'est la planète selon toi?

— La planète... La Terre?

— La chose ronde qui tourne dans le ciel, autour du Soleil. Très jolie, émeraude et saphir, enfin pour quelque temps encore. La Terre, oui.

— Ben. Ça peut être à personne... c'est à tout le monde. Ou peut-être au Soleil?

— Eh bien c'est toute l'histoire. On l'a volée. Une bande a mis la main dessus.

Il s'arrêta là. Il avait le sens du raccourci.

— Vous la racontez pas mal.

— Tu me tutoies.

— Tu la racontes pas mal. Mais alors qu'est-ce qu'on peut faire? Porter plainte?

— Récupérer le bien commun.

— C'est un sacré western.

— Avec péripéties, retournements, suspenses, et des morts en grand nombre. Malheureusement il y a des longueurs, parfois ça piétine : les bandits sont retranchés dans des chambres fortes, des postes clés; ils sont terriblement organisés, ils achètent des complicités, des silences, ils rackettent, ils terrorisent des populations entières et parfois les subjuguent, s'en font adorer comme des dieux, et les jettent dans des massacres, pour la défense de leurs intérêts contre des rivaux; non seulement ils ont les armes, mais grâce aux cerveaux qu'ils fabriquent dans les Universités (nous) ils emploient des méthodes scientifiques, des hypnoses, des dressages, voire des drogues, tandis que leurs victimes abusées se servent de morale — de la morale que les bandits eux-mêmes leur ont inculquée. Ah ce ne sera pas facile, il faudra beaucoup de héros.

— Titre : Sept millions de Samouraï.

— C'est un minimum. Non, pas comme ça. Parallèles.

J'essayais de manger avec les baguettes. Chez les papous j'aurais bouffé avec les doigts, dans un restaurant chinois mangeons avec les baguettes. Mais ça ne nourrit pas vite, surtout en restant bouche bée la moitié du temps.

— Pourquoi ils te traitent de chinois? Tu es Mao?

— Oh c'est une longue histoire et pas gaie. J'étais. Je fus. Tu contemples devant toi les ruines du militant superbe et dédié. Jusqu'à l'os. Alors je me suis aperçu que la Chine, quand elle arrive ici et dans nos mains, on s'en sert principalement pour faire chier les copains. Ce qui nous importe au fond c'est pas faire la Révolution, c'est faire chier. Alors je leur ai demandé mon numéro dans le camp pour quand ils auront pris le pouvoir, comme ça j'ai le numéro 1. Et je me suis retiré pour méditer. Ce qui d'ailleurs n'avance pas vite.

Non, pas comme ça, les doigts plus allongés, c'est pas des stylos. Laisse-toi faire. Là, voilà. Tu comprends, c'est de nous que ça vient, le compte qu'on a à régler c'est avec nous-même, plus qu'avec l'ennemi, j'ai au moins compris ça, le merdier c'est dans nous — ok marre-toi, Merdier Occidental c'est mon nom et il est bien porté. Je nous aime pas, d'abord on est moche, les plus moches de la planète, surtout la teinte, j'ai une théorie qu'on est le produit d'un virus décolorant, une horrible maladie, et qui atteint en même temps le cerveau, de la manière suivante : toutes les petites lampes restent allumées en même temps sans arrêt, ce qui provoque des démangeaisons épouvantables et un besoin de s'agiter en tous sens spécialement celui d'emmerder le monde, d'où conquêtes, explorations, exploitation, explosions, expansion, exterminations, extractions, fouilles, forages, fouissages, vols interplanétaires, vol de planète, B 52, B 12, Carbone 14, Strontium 90, leucémie, insomnies, dépressions nerveuses, cadences infernales, culture intensive, lutte contre la nature jusqu'à ce qu'elle en crève et tout le monde avec, j'en passe.

Il engloutit en trois pelletées de baguettes le restant de son plat. Repos. Accalmie après l'ondée. Le flot ruisselait sur moi, me coulait partout, j'en perdais pas mal mais je buvais quelques lampées au passage, ou j'en attrapais dans le creux de la main. Des gouttes éparses du matin se rassemblaient sur ma terre rocailleuse, ça ne faisait pas encore un grand fleuve majestueux mais par-ci par-là des petits ruisseaux commençaient à couler dans le même sens, et je jouissais de voir comme un paysage se faire dans ma tête, tout seul, petit à petit, sans avoir à poser de questions. Certains morceaux me paraissaient presque familiers parfois. Un peu la pénombre si on veut mais j'aimais comme ça, et je ne faisais aucun effort pour accélérer. La lumière crue m'aveugle. Finalement je n'aime pas me casser la tête pour comprendre. Ni non plus que ça me soit enfourné tout mâché comme à une oie la bouillie, de toute façon ça n'était pas mangeable avant et ça ne passe pas mieux comme ça. Ce que j'aime dans le fond c'est faire ma vie avec ce que j'attrape dans l'air, comme une hirondelle des mouches; ou plutôt un chiffonnier. Ça doit être un système un peu miteux mais je n'en ai pas d'autre.

J'aurais bien voulu dire tout ça à Thomas, mais je ne savais pas comment. Je soupirai. Aussi il faut dire j'avais bouffé d'un nombre de plats insensé, partagés mais tout de même : de la soupe, de la salade, un pâté en croûte, des langoustines, du porc, avec du riz, maintenant j'étais aux prises avec du gingembre, et bien qu'on ait bu du thé j'étais comme ivre. Je tentai un départ :

— Thomas, toi qui es intelligent...

— Oh ça, faut voir (ça n'avait pas duré mon départ). Je suis un intellectuel ça oui pas de doute, d'ailleurs je n'en ai pas honte moi comme certains qui prétendent; faut s'assumer et puis c'est pas forcément de la merde et ça sera même de plus en plus utile, au moins à partir du moment où on en aura fini avec cette connerie de « littéraires ». Mais intelligent, ça, des fois je m'interroge. J'essaye, d'accord, je fais des efforts.

— Alors justement : comment est-ce qu'on comprend?

— Holà Christophe, comme tu y vas. Eh bien, eh bien, mais, je ne sais pas si je sais. Intelligent merde. Voyons, d'abord on prend le problème, on le pose. Quand il est posé on le regarde, et puis on essaye de l'attraper par un bout. Voyons on y arriverait mieux avec un exemple. Quel est ton problème?

— Comment on comprend.

— Merde Christophe mais tu me coinces!

— Je l'ai pas fait exprès.

— Tu tires bien au jugé. Christophe je ne sais pas comment on comprend je ne suis pas intelligent, d'abord on ne comprend pas. Sinon on n'en serait pas là. On ne comprend pas avec l'intelligence, ou alors pas la nôtre, autre chose. Une sous-développée peut-être, je veux dire inapte à l'industrie. Peut-être avec l'analogie.

— Qu'est-ce que c'est?

— Euh. C'est la transposition du problème dans un autre système, déjà connu.

— Je ne comprends pas.

— Merde, c'est difficile d'expliquer l'analogie.

— Tu n'as pas une analogie?

— Petite vache. Bon, comprendre c'est comme un oignon. Tu épluches tu trouves une couche, tu épluches et tu trouves une couche, tu épluches et tu trouves une couche et à la fin il n'y a plus rien, et tu pleures.

— Ah ça moi j'appelle déconner. Tu es sûr qu'à la fin il n'y a rien?

— Non, à vrai dire, c'est parce que j'ai pris un oignon et je me suis laissé entraîner, j'aurais pu prendre un gigot et on aurait trouvé l'os. C'est ça l'ennui avec l'analogie, faut tomber pile, la marge d'erreur est considérable et il faut être encore plus intelligent pour ne pas se gourer...

— Alors comment on devient intelligent?

— Tu veux ma mort?

— Non, c'est sérieux, quoi! je me suis demandé ça ce matin en potassant un livre sur le cerveau, il n'y avait rien qui l'apprenne, dans trois gros tomes. J'ai demandé à la fille et elle m'a dit : on l'est ou on ne l'est pas.

— Quelle conne! — oh pardon. Au fait comment ça a tourné?

— Oh, c'est bizarre. Cette fille a l'air sérieuse et, je ne comprends pas, tout à coup je lui dis, on parlait de tout autre chose, d'orientation justement tu parles si c'est folichon et on n'était même pas d'accord et je lui dis : est-ce que je peux venir vous apporter des croissants demain matin? Et elle dit oui. J'ai pas encore compris.

— Tu as une gentille petite gueule.

— Je crois plutôt qu'elle me prend pour un gosse.

— Elle veut peut-être te donner le sein. Avec les croissants.

— Je refuserai pas (ça, pour rattraper cette histoire de puceau rentrée du matin. J'ai ma fierté). Alors comment on devient intelligent? Tu n'as pas répondu.

— J'essayais de me défiler. Pourquoi cette question bête?

— Parce que je suis bête.

— Bien sûr où avais-je la tête, bête à sortir du zoo. Eh bien si tu veux savoir on devient intelligent en fréquentant des gens intelligents tout le temps. Tu ris?

70

— Mais non.

— Moi non plus.

Après on est allés à la Cinémathèque. Je n'y étais jamais allé, je croyais qu'il fallait être inscrit, un truc fermé et plutôt snob, à vrai dire je n'avais pas cherché non plus, on reste sur son idée et voilà; et pas du tout, ce qu'il fallait c'est avoir un copain tôt dans la place avec un manteau pour barrer les fauteuils. Thomas avait ça, car il voulait revoir le film, c'était la huitième fois, et on me trouva une place. Il dit que c'était un bon endroit pour moi, pour passer mes soirées, pas cher, et les films sont intelligents. Ce soir il avait payé pour moi, le poker toujours, il avait insisté. Je n'avais pas sorti un rond de toute la soirée, je faisais des économies.

C'était un vieux film muet qu'on passait, le Cuirassé Potemkine. Intelligent peut-être, mais pas hors de ma portée. J'étais même plutôt secoué, surtout la fin, tout juste si j'ai pas eu les yeux humides. Je me demande si le thé soûle.

— Ah, c'était le bon temps! dit Thomas. La Belle Epoque! Maxim's, Odessa... Là-dessus il part sur l'époque en question et toute la suite.

Je ne posais pas de questions. Je ne pouvais pas tout le temps dire Quoi quoi quoi, j'aurais ressemblé à une grenouille, sautillant après un aigle. Thomas planait là-haut sa tête dépassant des nuages, toute la Russie étalée à ses pieds comme un tapis persan il y lisait comme dans un livre. Il ne faisait aucun effort pour se mettre à ma portée et tant mieux. Je trouvais ça plutôt chouette de sa part, il faisait comme s'il ne voyait pas mon ignorance, et ça laissait une marge de mystère, un charme de plus. On traversa Kronstadt comme une boule de feu, ravageant tout sur notre passage, et Lénine mourut en bas de la rue Soufflot, il avait loupé le Panthéon de peu. Je ne disais rien, j'aimais mon petit système, des morceaux qui se recollent, et des lueurs subites illuminant pour une seconde le paysage entier. Lénine mourait avec sa petite barbiche par-dessus le drap, et le cœur brisé de laisser le travail pas fini, la révolution en friche. Si les poètes étaient restés au pouvoir tout ça se serait passé autrement, et maintenant qu'est-ce qu'on va faire de mon spécimen? dit Thomas au bout du Luxembourg. Qui n'a pas de papiers je présume, les spécimens n'ont jamais de papiers.

— J'ai une carte d'étudiant en chinois au nom de Thomas Ginsberg, que je n'ai toujours pas rendue.

— Je crains que ça n'arrange rien. Surtout à mon hôtel, ils n'en voudront pas deux. Ils veulent des fiches tu comprends. Une fille encore ils fermeraient les yeux mais un garçon. Non ce que c'est con. On a le droit de baiser mais pas de causer. Et tu ne tiendrais pas dans ma poche. Dans mon lit non plus d'ailleurs il est tout petit...

— Tu peux peut-être m'épingler dans ta collection...

— Je ne les aime que vivants! proclama-t-il. Et puis je n'ai pas de collection, qu'est-ce que tu crois? Ça ne se ramasse pas comme les feuilles mortes. Tu es mon seul spécimen. J'essaierais bien de te faire passer... On mettrait le matelas par terre, et on causerait. Ce serait bien. Je n'ai pas sommeil. Mais si on se fait piquer ils te remettent en cage, et qu'est-ce que je deviens moi?...

Comment je fais ma thèse sur l'homme normal?

Ça m'aurait plu aussi de camper. Je n'avais pas sommeil non plus. Je me voyais très bien sur ce matelas, et lui là-haut parti dans un discours, je m'endormais sûrement au milieu. Mais c'était risqué. Je dis que je pouvais encore me planquer ce soir chez Bambi, elle avait laissé sa fenêtre ouverte pour le cas où je ne serais pas à Tahiti. Une copine.

— Une copine, hein?

— Enfin...

— Bénies soient les femmes, dit Thomas, heureusement pour nous qu'il y a les filles, moi aussi j'ai eu mes fenêtres ouvertes dans mon temps. Et pour les filles les garçons. La vie des mineurs errants est jalonnée de sexe opposé au grand cœur, c'est ce qui nous sauve de la meute des honnêtes gens. Il s'inquiéta comment je rentrerais sans métro, si j'avais le fric obligatoire sur moi, il m'en offrit, poker, que je ne voulus pas, il me restait presque tout celui de Bambi. Il me tendit la main. On était à l'Observatoire.

— En tout cas je suis au Minus l'après-midi.

— Je sais.

— Ah bon si tu sais.

— Bien sûr que je sais! Et avant? je veux dire, les mêmes heures ou plus tôt?

— Le matin je vais à la bibliothèque, où tu m'as vu.

— Moi aussi. J'étudie la physiologie du cerveau. Exactement je vais porter les croissants et après je l'accompagne à la bibliothèque.

— Alors tu ne foutras pas absolument rien?

— C'est vrai ça se présente mal, me voilà vachement occupé. Et même pire, j'ai des choses à chercher, que je ne sais même pas qu'elles existent, et qu'il faut absolument que je trouve, c'est vital... Et justement, je voudrais te demander, puisque tu seras là et si tu as le temps : tu pourrais m'apprendre à chercher dans ce sacré fichier? C'est bête à dire mais je n'ai pas envie de te raconter des salades : en fait je ne sais pas, et ça me donne l'air con.

— Avec joie. Ainsi on te revoit par ici?

— Tu sais bien que je dois fréquenter des gens intelligents tout le temps.

On se retendit la main au Lion de Belfort. A demain alors, bête sortie du zoo, ne te fais pas reprendre. Je courais presque en enfilant Général-Leclerc. J'étais dans une humeur merveilleuse, je crois que j'étais heureux.

Le flipper, instrument de méditation
• Merde pour la délinquance juvénile • Bien
mal acquis profite toujours mais pas comme
prévu • Ne pas avoir peur de la vérité • Nécessité des rats • Qui songe à la tristesse? • Un
lourd héritage, l'urbanisme de papa •

Le car des flics. Il était bel et bien arrêté
là, devant la grande entrée, ce qu'il y faisait ça
n'était pas marqué dessus mais ça ne pouvait être
que pour moi. Qui sait s'il n'y en avait pas dissi-
mulés à l'autre entrée, montant la garde, et en
tout cas j'avais déjà eu le réflexe et pris la petite
rue. Probablement ils ne m'avaient pas vu, mais
j'écoutais tout de même si la voiture arrivait derrière moi, on ne sait pas, normalement ils doivent
y voir la nuit pour faire ce métier. Une voiture
venait, du reste. Ce qu'il ne fallait pas c'était courir, je ne sais pas pourquoi mes sales jambes
avaient voulu se prendre à mon cou, j'avais du mal
à les tenir au sol. J'arrivais au coin du tabac, je
leur ordonnai d'entrer là et d'y rester, et je me
mis devant le stand, tournant le dos et ayant l'air

du type qui vient tout simplement chercher son paquet de gauloises, que j'achetai du reste (vraisemblance) (et puis j'en avais plus; nécessité). C'était une 2 CV, j'aurais pu reconnaître le bruit merde, voilà comment on perd son sang-froid. Mon sale cœur battait.

Pour me calmer, et me donner le temps d'envisager la question Quoi faire alors? je pris des pièces et je me mis à la machine, en essayant de travailler correctement. Ces machines sont bonnes pour les nerfs, car si on les a noués on laisse tout passer. Preuve, je fis un score idiot. Mais je pris la seconde. Je vis la petite pancarte en papier, collée et écrite à la main, d'une écriture assez moche : « Interdit aux mineurs de moins de 18 ans ». D'une écriture d'analphabète tiens, ça a du sens ça. J'avais déjà joué sur cette machine mais je n'avais pas vu le truc : la conscience tranquille probablement. Et puis le mot « mineur » ne me disait rien à l'époque. Je n'en étais pas un voilà, je l'étais devenu seulement maintenant. On devient mineur à partir du moment où on se met à se conduire comme un majeur. Sont marrants. Et puis pourquoi, interdit? Ou alors qu'ils les interdisent à tout le monde si c'est dangereux. Et je ne vois pas le mal que ça peut faire, à qui que ce soit, à part de drainer des pièces en direction du Monsieur de Chicago, qui a inventé ça, et qui les mérite parce que c'est assez malin. C'est une bonne machine, elle a droit à un coup de chapeau. Coup de chapeau : elle exerce les réflexes. Elle met les nerfs en place. Elle ralentit le temps (vieille découverte : quand on ne sait pas jouer, les billes vont très vite, quand on sait elles vont très lentement, on a attrapé du temps de rabe). Elle ne rend pas mauvais : on est content aussi quand un autre fait un score, même un inconnu. Et à quoi veulent-ils qu'on joue?

Ils ne veulent pas qu'on joue voilà. Ils veulent qu'on s'emmerde. Alors ils arrivent et ils nous organisent des Loisirs pour les Jeunes avec des Animateurs, et leur bénédiction.

Mais voilà, quand leur bénédiction est là ça cesse aussi sec d'être marrant. Y a comme un défaut. Une malédiction dans leur bénédiction. L'animateur est là l'animation s'en va. Où y a le loisir y a pas de plaisir. Ils ont vraiment pas le pot. Toujours à côté. Même leurs mots ont la poisse : loisir, ça fait penser aussitôt à un vide qu'il faut remplir et ils auront beau y mettre tout ce qu'ils ont dans la tête ça reste vide c'est sans fond. Et « jeune », un mot de pas-jeune forcément, on sait qu'on va être invité à se tenir comme ils veulent eux, proprement. Dans les limites du permis. Tandis qu'un mineur c'est à qui tout est interdit, c'est écrit partout. Un mineur c'est le contraire d'un jeune. Ça c'est raisonné. A ajouter à la machine : elle aide à raisonner.

J'avais encore eu ma partie. Mais elle avait pas été jusqu'à me fournir une solution pour l'avenir immédiat. J'ai essayé de lui demander, elle m'a piqué ma pièce. Il ne faut tout de même pas trop en exiger, de ce type de Chicago. J'ai commandé un café. C'était bon pour ce que j'avais, pas où dormir. Un type est venu au comptoir, je connaissais sa tête. Equipe à Jeff. Probablement celui qui s'appelle Patrick, et qu'on appelle entre nous Le-Crime-Ne-Paie-Pas-Lourd.

— Tiens mais, c'est Ronin, je ne me trompais pas. Je le regardais sans répondre. Il ajouta : on te croyait arrivé plus loin que ça.

Les nouvelles vont vite. J'aurais mieux fait de ne pas revenir me fourrer dans le coin. Mais où?

— Je ne tiens pas à aller à Tahiti, dis-je pour répondre à l'air supérieur, ça me suffit de ne pas être chez moi.

— Et qu'est-ce que tu vas faire?

— Eh bien (je lui fis face et je lui souris) — je ne sais pas. Je vais voir.

Il regarda dans la salle, d'où il était arrivé. Viens prendre un pot par là dit-il.

A la table il y avait un homme environ quarante, brun frisé. Christophe, dit Paie-Pas-Lourd, il vient de se barrer de chez lui, et à moi : c'était pourquoi?

— Eh bien...

Stop. Mon histoire n'allait pas passer. Pas intéresser. Inutile. Bavardage.

— J'en ai eu marre de la vie de famille.

— Et qu'est-ce que tu comptes faire maintenang, dit le type, qui tutoyait mal (je veux dire ça ne me plaisait pas, je ne l'avais pas autorisé à des familiarités).

— Il ne sait pas, dit mon — je ne peux pas dire mon copain — dit le probable Patrick.

— Alors tu cherches l'occasiong? dit le type, je ne répondis rien, et quelle espèce d'occasiong t'irait?

— Je ne sais pas d'avance, ça dépend.

— Il ne sait pas grand-chose, dit le type, mais bien sûr ce n'était pas à lui que je pouvais expliquer que c'était justement le charme, de ne pas savoir. On n'aurait pas été sur la même longueur d'onde. Le charme, lui... Ils avaient l'air vachement sérieux, vachement grave, leur truc c'était pas de la rigolade ça non. En somme tu n'as pas de principes? dit le type, et je juste haussai les épaules. Je ne savais pas si j'avais des principes ou non, surtout avec lui, il ne devait pas y avoir un seul mot dans le dictionnaire qui ait le même sens pour nous deux. Les deux se regardèrent avec la gravité de la situation et un signe de tête comme deux papes qui lâchent une bulle. Une voiture freina sec devant le bistrot. Paie-Pas-Lourd sortit fissa, revint de même et me dit : Viens par là. Monte. Il me poussa dans la chiotte et suivit. L'autre espèce d'enfoiré était en traing d'expliquer quelque chose, la tête dans la portière avant, assez bas, et Jeff répondait : Vu. Vu. Vu. C'était Jeff au volant. Le type sortit sa tête et je me serais retrouvé les pattes en l'air si on n'avait pas été comme des harengs : Jeff avait démarré. C'était une grosse noire genre américaine et Jeff la conduisait à coups de pompe dans le cul. Tout en conduisant comme-un-chef il me causait, ou plutôt me mitraillait.

— On pourrait t'aider. Tu t'en sortiras pas tout seul. En cas que tu conviennes. T'as une chance, que ce soir il nous manque un gars. Pour le pet. Pas terrible. A la portée d'un débutant. On te connaît. On prendrait pas n'importe qui. Mais il paraît que tu es régulier (Bambi bureau de renseignements?).

Pendant qu'il vidait son chargeur j'essayais de faire marcher ma cervelle dans la direction indiquée.

— Alors c'est vu?

Il me manquait un flipper. On pense moins bien sur des chapeaux de roues. J'aurais bien dit non, si j'avais écouté que mon bon cœur car c'était du travail et c'est pas ce que je cherchais. Pas à cause des principes que je savais toujours pas si j'avais, en tout cas j'ai rien contre celui de casser du verre et même autre chose. Mais à cause du sentiment : je n'aimais pas ces types, leur conversation était terriblement ennuyeuse, et en phrases trop courtes, et spécialement je n'aimais pas Enfoiré, et l'idée de trimbaler des transistors pour les lui rapporter comme des toutous me cassait les pieds. D'un autre côté...

— Il est muet? demanda le type que je ne connaissais pas, devant.

D'un autre côté, refuser. Le dégonflage. Le puceau. La nouille. Ma fierté. Mon honneur. Et la curiosité. L'expérience de la vie.

— Bon, si c'est pour vous dépanner ce soir... (comme ça je saurai si ça me plaît ou pas).

— Oh mais dis donc c'est pas du tout comme ça que ça se présente, dit Jeff se fendant du coup d'une phrase. C'est toi qu'es à l'essai pas nous. Pour qui tu nous prends, pour un libre service? Ce truc-là c'est pas pour amateurs, vu?

Que trop vu, et justement...

— Si on te fait l'honneur de t'inviter, tu marches ou tu canes mais y aura plus à y revenir ensuite.

... justement voilà le point épineux. Un des. L'engagement définitif moi ça me dérange. Le truc sérieux à la vie à la mort, pour quatre vitrines, oh là là. Une situation quoi! Je me rends bien compte d'un autre côté qu'on ne peut pas mettre là-dedans des types qui entrent et qui sortent, vu les relations fatalement tendues avec les forces de l'ordre. Faut du sérieux. Et moi le sérieux...

— Il est pas rapide, dit celui que je ne connaissais pas.

... le sérieux, moi... La vérité c'est qu'ils sont chiants! Et c'est ça qui me rebute le plus. Tout pourrait passer mais ils sont chiants, autant que des banquiers. Ah, merde pour la délinquance juvénile! Sujet aussi emmerdant que les loisirs pour les jeunes. Merde pour la délinquance juvénile!

— Dans ce cas je vais réfléchir.

J'ai fait un bel effet de comique. Ils se tordaient. Le chéri va réfléchir! Le mot les remplissait de joie. Je reconnais que là-dedans.

— Je m'en doutais bien, dit Jeff. On aurait pas dû y croire.

Il arrêta la bagnole et je partis en avant. Je dis fermement :

— Je ne suis pas décidé c'est tout. Je verrai. Il verra! Nouvel accès. Ils m'emmerdaient : qu'est-ce qu'ils croyaient? Vous savez, leur dis-je, c'est pas tellement marrant votre travail. Trimbaler des transistors d'un endroit à l'autre...

— Tu verras rien du tout dit Jeff. C'est vu. Allez, larguez-moi ça on a perdu assez de temps. (Ils avaient rien perdu, on était arrêtés depuis dix secondes, mais chacune de leurs secondes est précieuse. Voilà encore une différence, moi j'aime perdre les miennes.)

Paie-Pas-Lourd ouvrit, me tira dehors, l'autre me poussa, celui qui était devant sortit et se mit à me filer des baffes. L'autre me tenait. J'ai bien essayé de me défendre mais qu'est-ce qu'on peut faire avec des professionnels? C'est, dit Jeff, royal, de son siège, pour t'ôter l'envie de l'ouvrir.

Je dis : j'aime pas les flics non plus, et puis l'ouvrir à qui toute la cité sait que tu casses. Mon exécuteur personnel ajouta la ponctuation, Perds pas de temps dit Jeff, ils se rengouffrèrent dans la chiotte et ça partit avec un bruit de bielles et de pont arrière, s'ils étaient tellement forts pourquoi ils se payaient pas une Porsche? Voilà comment j'ai brisé dans l'œuf ma carrière de gangster, faut-il le regretter? Je jure que c'est pas par moralité c'est parce qu'ils sont pas marrants. Peut-être qu'une autre fois je tomberai mieux, sur des plus drôles.

Je saignais du nez. Brave mouchoir, c'était donc prophétique de le piquer. Après tout, si je veux me mettre gangster, j'opérerai seul. Seul et en grand. Pour ça ce qu'il faut, c'est de l'intelligence, décidément il en faut pour tout. J'aurais bien voulu trouver de l'eau, mais où pouvait-il y avoir de l'eau? Il ne faut pas croire que l'eau, ça coule. Je n'étais pas loin des quais, mais la Seine c'est pas de l'eau. J'étais vers le pont Mirabeau : ils se dirigeaient vers les beaux quartiers? Les hôtels particuliers? Ils ne vont pas à la source en général, ils grappillent dans le petit commerce. Peut-être étaient-ils engagés à l'entreprise, par les échelons supérieurs, représentés par Enfoiré. Bon, ce n'est pas mon affaire oh non, qu'ils fricfraquent donc le château de Versailles. Mon affaire c'est de l'eau.

Trocadéro. Il y a de l'eau là-bas, des grandes eaux même. Je longeai les quais. Ces cons de bassins, ils étaient vides. Mais je trouvai un petit ruisseau, qui m'allait aussi bien qu'un bassin. Je n'étais pas fixé sur un bassin. La figure me brûlait. Non ils ne sont pas marrants. Tout ce qu'ils font c'est copier ce qu'ils ont vu au cinéma et à la télé depuis leur plus petite enfance; nous on a assisté à toutes leurs répétitions, et maintenant ils vivent en version doublée. Non ils ne m'intimidaient pas. La seule chose qui me faisait râler c'est qu'ils étaient les plus forts. C'est une chose qu'on n'aime jamais. Je ne suis pas un musclé, d'ailleurs j'aime autant c'est plus fin. Je me repassais la scène avec moi ceinture noire, par exemple. Ça ne l'empêchait pas d'avoir été comme elle était, avec moi dans le rôle du connard. J'apprendrai le judo c'est sûr. Mais ça ne l'empêchait pas, etc. Non, c'est agaçant. Ah, merde pour la délinquance juvénile!

Je suis un lâche. Voilà. Ce qui est agaçant, en réalité, c'est ça. Pas la peine d'essayer de te cacher tu es tout seul, je me retrouverai toujours. Je suis un lâche. Pas avoir peur de la vérité : le type qui ne se rue pas sur le coup dur au premier signe, avec joie, est un lâche. Le coup dur peut être merdique, minable, ridicule, chiant, ça ne fait rien, il doit s'y ruer, ou bien il est un lâche. Tous les beaux arguments ont beau être justes (ils l'étaient) (et comment!) (plus je me les repassais plus ils l'étaient) et ça, faux comme un jeton, c'était plus vrai que vrai : j'y étais pas allé quand on m'avait donné ma chance, il y avait désormais une tache sur ma vie. De la moralité. Merde il me manquait ça. La Délinquance Juvénile considérée comme un devoir d'honneur, merde, merde, merde. En plus je tombais de sommeil, et en plus je la sautais. Et j'étais de très mauvais poil. Et la figure me brûlait, je ne suis pas sûr que c'était seulement les coups. J'avais honte.

Dormir dans ce jardin. Peut-être. Un petit peu. Personne. Les poissons rouges. Pas chaud. Mais quoi. Voilà un argument pour Tahiti en fin de compte, on peut y dormir dehors. Il y avait un arbre dont les branches pendaient par terre, je me suis couché dessous, j'étais invisible tant qu'il faisait noir. Je ne peux pas dire que j'ai bien dormi. C'était humide par terre, et pauvre en herbe, mais s'il y avait eu de l'herbe ça aurait été encore plus humide, la nature au fond est bien faite. J'avais peur de m'endormir profond — et je me réveillais au milieu d'un cercle de connards contemplatifs et attendant les flics. Quéris d'urgence pour ramassage d'enfant perdu. La crainte me rouvrait les yeux toutes les dix minutes. Car je ne voulais pas être retrouvé je voulais rester perdu. On est trop bien. Quelqu'un passa, pas loin. Un oiseau me frôla la figure en faisant Kikikikik. Les merles s'éveillent à l'aube. Pas traîner. J'étais mort. Je repiquai au ruisseau. Je devais avoir un bleu à la joue. Et mon costume ça ne l'avait pas repassé le camping, je tournais nettement clochard. L'aube arrivait vraiment le merle avait vu juste, là-bas au fond à gauche. Qui a inventé les lits? un génie celui-là. Oh Bambi... malgré les trop bons renseignements que tu as donnés sur moi. Mais il fait trop jour déjà. Où passer? A cette heure-là il aurait mieux valu une musette, que des livres. C'est plutôt l'heure de l'apprenti, que du lycéen. Mais par contre pas son quartier. Je rasais les murs, sauf qu'il n'y a pas de murs. Un vrai désert.

De l'autoroute partout, des feux qui clignotaient pour personne, ou si quelqu'un alors à fond de train alors à quoi ils servaient? Et en bas, plus même de quais. Sur un quai, on est en somme à sa place nous les clochards, on a droit de cloche, c'est un territoire libre, hors limites, le terrain des paumés... plus de quais. Ils prennent tout, c'est bien vrai, tu as raison Thomas, ils gagnent de plus en plus de terrain et nous on n'a plus rien. Au milieu de ces bretelles, de ces échangeurs, de ces rocades et de ces voies express, je devais sembler, j'en suis sûr, je me vois comme si je me voyais, une chose pas normale pas en place, un tapir, un koala — un homme tout seul à pied qui marche...

Tout était mort. Pas un bistrot ouvert, pas de métro. Rien. Je croyais que c'était seulement dans nos coins perdus la mort nocturne, mais chez eux c'est pareil. Ah c'est pas la fête aux Champs-Elysées, une lumière en folie se déverse sur personne, qu'est-ce que c'est une lumière que PERSONNE ne voit? C'est une super-obscurité, et puis justement pour un coup qu'il y a quelqu'un (moi) c'est un que la lumière dérange plutôt alors pourquoi ils usent leur, notre précieux courant? Je piquais vers l'Est, en direction des quartiers moins fastueux, où on est mieux. L'œil bien pointé à l'horizon comme un marin (ressemblance entre le clochard et le marin, encore une découverte) s'il ne venait pas un de ces cars noirs ou gris ou bleus en safari, cherchant une peau de mineur pour s'en faire une descente de lit, Tes papiers? Thomas Ginsberg, étudiant en chinois, né le 20 juillet 1948, vingt-six ans, sans blague? suis-nous donc qu'on s'explique sur ces vingt-six ans alors comme ça tu causes chinois? 58, rue Thénard V° c'est là que tu habites eh bien on va vérifier tout ça...

Dormir sera le problème après tout. Courage. On arrivera bien à un bistrot ouvert, que ce soit en marchant dans l'espace ou en marchant dans le temps, ce n'est pas le Sahara ici, ou l'est-ce? ce n'est même pas un Grand Ensemble, c'est une capitale mondialement connue.

J'atteignis les Halles.

Oh bordel! Oh malheur.

J'y avais pas remis les pieds depuis une éternité. Un samedi soir on avait fait une descente avec Nicolas, Serge et les autres et derrière des zonards on s'était retrouvés là et on s'était payé des saucisses-frites dans un bistrot bourré d'une purée de mecs de toute espèce.

Souvenirs souvenirs. Merde. Un trou. La ruine le décombre. Attila roi des Huns. Ils avaient passé là. De quel droit ils arrivent avec des pioches, pardon bulldozers faut vivre avec son temps, et foutent en l'air les dernières chances de saucisses-frites des honnêtes gens? C'est à eux Paris?

Ben oui. « Une bande a mis la main dessus. »

Plus de quais. Plus d'Halles. Où on va aller?

Nulle part. (Je ne sais pas ce que voulait dire Thomas avec utopie il faudra que je lui demande.)

Pas même moyen d'entrer dans leur chantier. Pour dormir supposons, par exemple. De la merde clôturée. Ils manquent vraiment pas d'air. Ils font de la merde et ils mettent des clôtures autour pour empêcher qu'on y entre.

Je fermai les yeux pour essayer de me souvenir de comment c'était avant. Mais le maintenant l'avait effacé je n'y arrivais même pas. La seule idée que ça me donnait de fermer les yeux c'est roupiller. Je tenais à peine sur mes jambes. J'entrepris la traversée du désert. Je crois que je tenais sur ma rogne.

Hop on enlève. On ôte ça de là et on le met ici et vous, vous allez vous mettre là-bas, à vingt bornes, et fissa sinon vous vous retrouverez sur le trottoir avec votre mobilier et votre télé où vous la brancherez, et puis c'est interdit de stationner sur le trottoir avec son plumard et sa table de nuit, circulez. Comme ça vous nous ferez plus chier avec vos réclamations sans arrêt on sera tranquilles et entre gens bien. Tout ça, ça dérange. Les gens c'est dangereux ça se rebiffe, les camions c'est trop grand on a plus de places pour nos bagnoles quand on va manger la soupe à l'oignon, aux Halles, et les rats c'est malsain. (Les rats, pas cons, tous à Rungis à s'empiffrer en train de se reproduire à la vitesse de la lumière, ou du son, en attendant le moment de la vengeance : à cent rats par tête de pipe ils se jettent sur le nouvel habitant trié sur le volet de la capitale de luxe et nous en font de la bouillie — ah quel beau jour! qu'est-ce qu'on se marrera nous ce jour-là! Les rats avec nous!) — mais je dis : si dans une ville on enlève tout ce qui dérange alors il reste quoi? Par exemple chez nous y a rien qui dérange c'est un fait — et alors qu'est-ce qu'on se fait chier! La tristesse. C'est drôle, personne a l'air de penser à la tristesse, et que c'est peut-être pire que le dérangement. Et moi j'y pense, parce que c'est nous qui allons hériter de tout ça, ils nous laisseront rien que des murs pour se taper la tête dedans. Sales cons! On aurait pu nous demander notre avis, puisqu'on se fait tellement de mouron pour la JJJeunesssse : qu'est-ce que vous préférez hériter mes chéris, la tristesse ou le dérangement? Non, et il faudra tout refaire depuis le début, se taper un dynamitage monstre, ah ce sera la fête, pour mettre à la place des maisons en forme de scenic-railway ou de bateau ou de fesses ou n'importe quoi sauf comme elles sont, avec des chambres en bas toujours ouvertes et pleines de lits pour les types qui n'ont pas dormi et des rues illuminées SUR QUELQUE CHOSE avec des marchands d'oranges qui sentent, de melons qui sentent, de fraises qui rougeoient, de potirons qui jaunoient, et de camemberts qui puent! et d'oignons qui font pleurer. Et des kiosques à saucisses et frites et des bistrots, avec des flippers pour méditer au cœur de la nuit et des putains même si c'est pas pour aller avec, rien que pour les regarder et attirer du monde, et des clochards et des marins et nous, et des camions parfumés à la vanille par exemple au lieu de puants. Et des rats. J'ai pensé à toi Nicolas qui disais « On fera sauter toutes les baraques » et voulais devenir le Grand Tueur de Mars et tuer tout le monde et maintenant pâlis tes nuits à faire le grouillot d'imprimerie ou je ne sais quoi pour pouvoir pâlir tes jours dans des livres à devenir, mon dieu, ingénieur en bâtiment et quand je te rencontre tu me regardes avec une sorte de nostalgie comme le type en train de grimper une montagne celui qui la dégringole le cul sur la tête, et lui dit : Mais non mon pauvre vieux c'est pas par là! Peut-être que c'est pas par là en effet mais merde, merde, et merde! par où c'est? J'ai pensé à toi tristement, qu'est-ce que tu crois, à moi aussi tu étais mon ami profond, je t'ai parlé, quand je me parlais à moi tu étais à côté, j'ai pensé à toi souvent pendant que j'errais sur cette sacrée montagne tout seul, sans savoir même si je montais ou si je descendais, mais je ne t'entendais plus me répondre, j'étais vraiment tout seul et je peux te dire, d'une certaine façon et à un certain endroit de moi, je m'en foutais de dégringoler jusqu'au fond et me casser la gueule en bas. J'étais arrivé sans le savoir à une extrémité. Je suis un type foutu, moi. Un déchet de la société. Elle et moi on n'a rien à foutre l'un de l'autre. Ah c'est pas un mystère en fin de compte si je suis parti non c'est pas un mystère. J'ai tout simplement suivi les flèches, par ici la poubelle sens obligatoire, ils ont à peine poussé (orienté) et il n'y avait rien où s'accrocher, et puis merde à quoi bon puisque de toutes façons. Pas la peine même d'essayer. Lâcher tout et puis merde. A la poubelle Christophe Ronin à la poubelle, y a rien pour toi ici rien. Fait comme un rat. Pire qu'un rat : pas de Rungis. C'est comme ça que je me suis retrouvé en train de verser une sorte de larme au coin de la rue Saint-Denis et d'une qui n'avait même plus de nom, au milieu des ruines. Ruines autour et dedans. Rien personne nulle part, qu'est-ce qu'il voulait dire Thomas nom de Dieu avec l'air tout d'un coup comme gai. Thomas. Ah si, Thomas. Et cette fille aux croissants, au bout de la nuit si j'y arrive. J'arrivai, à la dernière extrémité, dans le dernier bistrot, de la dernière chance, resté debout sur le Sébasto et rempli de tous les derniers déchets dans mon genre qui n'ont pas encore compris que c'est plus pour eux tout ça fini mort enterré, et là se tenait la dernière putain avec un fouet et des bottes jusqu'aux cuisses dénudées — une pièce de musée en somme. La dernière putain. Je l'ai regardée. Pas que je songe à y aller et encore moins que j'aie la moindre idée à quoi ça peut mener une cravache comme transports amoureux (ça alors ça m'échappe complètement) mais je me suis laissé aller à une espèce d'attendrissement, devant sa solitude et son éphémérité (?), saluons les derniers Mohicans, lonely are the brave.

J'ai bouffé la dernière saucisse-frites. Elle m'a donné la force d'arriver au Châtelet. Il y avait des autobus de nuit. Je décidai génialement d'aller dans une gare, prendre une douche, ça marche tout le temps enfin je le supposais, et je me sentais sale. Surtout, me dis-je en me souvenant de mon rendez-vous, si on arrivait jusqu'au déshabillage par miracle, en tout cas ce n'était pas un risque à prendre de me présenter comme j'étais, je devais puer d'avoir dormi tout habillé, et pas lavé depuis, depuis... Bref, une douche. De nouveau tout un avenir devant moi, et même plus que prévu parce que je me réveillai à la Porte de Montreuil et il fallait revenir, toujours ça de gagné. Cher peut-être mais intéressant : passer les nuits dans les autobus de, aller jusqu'au bout, revenir, en prendre un autre. Ah ce n'est pas commode de dormir la nuit pour un mineur; sommeil interdit. Merde si je ne pouvais pas roupiller jusqu'à vingt et un ans j'arriverais dans un bel état. Gare de Lyon on me rançonna d'un ticket de quai, l'entrée est payante même si on vient seulement regarder les trains, bon, j'achetai une brosse à dents et du dentifrice. Mon bagage grossissait :

bouquins, brosse à dents, je finirais en traînant une malle. Dormant debout et traînant une malle.

Cette douche, c'était une vraie bénédiction, j'y suis resté des heures et en sortant j'étais un autre homme. A part le slip. Le slip commençait à être plus très net, il était déjà d'au moins la veille quand je suis parti, on ne pense jamais à tout, il faudrait au moins se tailler le jour du linge propre. La figure allait. Mal à la pommette, mais en définitive pas de bleu, un miracle. Mon costume s'était plus ou moins repassé en étant pendu à l'humidité. Tout allait le mieux du monde, et, comme j'aurais dû le prévoir de mon estomac il était refilé dans mes talons. Ce ne serait pas drôle si je devais traverser la vraie famine, fait comme je suis. Plus on a de tête (enfin!...) moins on devrait avoir de ventre. Mais c'est pas comme ça. Je me suis volontairement limité à un crème avec un œuf dur, songeant aux croissants qui n'étaient plus très loin. Si je continuais à ce rythme j'allais prendre du lard. Bronzer, prendre du lard : la Fugue Tragique du Mineur, film en ixe épisodes, pour la Cinémathèque. Au bout du film le mineur est tellement gras qu'il tient même plus dans sa malle. Après ça, café serré contre le sommeil. Après ça, aller regarder partir les trains. Ça, juste pour sonder un peu sérieusement, puisque j'étais sur place, la question Partir au Loin.

Eh bien, le sondage ne révéla rien. D'abord, c'était surtout des trains de banlieue. Tout de même je n'allais pas partir en banlieue. Et si j'avais été tenté, rien qu'à voir la gueule de ceux qui en venaient c'était de nature à vous glacer. Et penser en plus que tels qu'ils étaient là, bouffis, gris, moroses et engloutis encore dans la merde, ils venaient en ville pour travailler! C'est pas une vie, c'est pas une vie, je le dis. Cette planète couverte de paumés — et les plus paumés, c'est pas ceux qui en ont l'air (moi), c'est justement ceux qui ne savent pas qu'ils le sont, est-ce que je serais pas en train de devenir intelligent déjà, après une seule séance?

Un train allait tout de même partir pour Marseille. Marseille. Port. Bateaux. Mer. Je faisais fonctionner les associations. La vérité c'est que tout ce que j'arrivais à voir comme lointain c'était ce lit — un lit! — avec cette fille dans sa chemise de nuit — et la gueule maigre, hirsute, rêveuse, et tellement sympathique, de Merdier Occidental.

Là-dessus j'avisai deux flics, qui avaient plus ou moins l'air de m'observer. Qui observaient un Mineur. Mineur traînant dans une gare. Mineur traînant dans une gare sur le quai du train de Marseille. Je regardai ostensiblement ma montre, avec l'air d'un qui a à faire, je vérifiai mon heure sur la pendule, tout un cirque, conseils de Thomas, puis je partis d'un pas décidé sans courir et en balançant mes bouquins vers la sortie Métro, en direction probable d'une brave école à l'autre bout de la ville, où je craignais sans doute d'arriver en retard. Après tout il avait fini par être plus de sept heures. Eh bien, les gares n'étaient pas ces havres de paix que j'avais imaginés, mais des endroits au contraire extrêmement dangereux, surtout si la disparition du Mineur a été signalée à la police, comme c'était mon cas. Les mineurs vont justement à Marseille, et sur la Côte, se baigner. A éviter. Dommage. Les douches étaient rudement bonnes. Enfin elle était prise heureusement, elle tiendrait bien trois ou quatre jours, et d'ici là... Finalement, en changeant plusieurs fois de métro, huit heures et demie arriva, il avait été long.

J'ai frappé au numéro 23 quatrième étage, une des petites rues qui donnent sur le Luxembourg. J'avais six croissants, au beurre, chauds, venant d'une boulangerie de luxe. Il a fallu deux fois avant qu'elle réponde, j'ai eu peur d'une blague. Mais non, elle ouvrit et courut se refourrer dans son lit, les cheveux défaits, et elle portait une chemise de nuit.

— Mon dieu, dit-elle, déjà neuf heures, je ne suis pas prête, mon réveil n'a pas sonné.

Je me suis excusé bêtement de venir plus tôt. Je portais les croissants en avant comme un sacrement, pour qu'elle les voit bien et ça la fit rire.

Je ne sais pas pourquoi par quel instinct j'avais pris d'entrée l'air pomme, alors que d'habitude avec les filles j'essaye plutôt d'avoir l'air plus malin que je ne suis. Je ne sais pas ce qui me dictait cette étrange conduite. J'ai compris après que c'était elle. Je me voyais pour ainsi dire par ses yeux, savoir : Arrivée du Puceau Maladroit, qui ne sait rien et pas dangereux. Comme c'était marrant, j'ai carrément forcé la note. Elle s'extasia sur des croissants (les héros), mais j'en avais pris un kilo! Elle allait faire le café. Non non, qu'elle reste bien tranquille (je ne tenais pas à ce qu'elle décarre du pieu si possible), j'allais tout faire, j'allais lui servir le Petit Déjeuner au Lit, elle n'avait qu'à me dire où sont les choses. Que j'étais chou! Quel gentil petit garçon! Je savais faire le café? Peut-être que le dimanche je faisais le petit déjeuner pour ma maman? (ma parole elle en remettait aussi, c'était un vrai concours de bébés). Exactement dis-je, je lui portais dans son lit (la pauvre femme le dimanche comme les autres jours elle est la première levée, du reste personne l'y oblige, et elle débarque dans les piaules avec l'aspirateur pour nous faire décaniller, c'est ce jour-là qu'elle fait le ménage en grand, et quand est-ce qu'elle le ferait sinon, hein, pouvez-vous le dire, en travaillant la semaine et ayant deux hommes à s'occuper en plus, alors puisque vous vous n'avez rien à faire laissez-moi au moins travailler! Je crois que dans toute sa vie elle n'avait jamais vu un petit déjeuner au lit sauf peut-être à l'hôpital pour m'accoucher) mais à la guerre comme à l'amour, je m'inventai une mère alanguie et je me métamorphosai en fils attentionné, bouilloire, lait en tube, en un rien de temps elle avait un bon bol fumant devant elle (moi aussi), et les croissants bien rangés à côté sur une assiette. J'étais vraiment un bon petit. Le bon petit, assis par terre près du lit, se rinçait l'œil en contre-plongée sur les seins qui gonflaient la chemise de nuit et se disait : j'ai ce que je voulais exactement, je suis béni des dieux ou alors très fort, et même en supplément de programme une épaulette était tombée et elle n'avait pas l'air de s'en faire pour ça; si elle ne s'en faisait pas je n'allais pas m'en faire non plus — je me disais donc j'ai ce que je voulais et je réfléchissais aux moyens d'en avoir encore plus car l'appétit vient en mangeant.

Il était évident que si je lui sautais dessus elle me renverrait chez ma mère alanguie avec une

paire de baffes et en me traitant de petit vicieux.
J'attendais donc sagement. Elle vida son bol, le
reposa, soupira d'aise, j'étais vraiment un ange je
lui avais fait un formidable petit déjeuner. Je lui
pris son bol et tout pour qu'elle soit bien à son
aise dans le lit, sans rien qui gêne, je m'assis au
bord. Et maintenant qu'est-ce qu'elle voulait que
je lui fasse? dis-je, en tombant en extase devant
ses seins sans essayer de m'en cacher du tout, au
contraire de façon qu'elle ne puisse pas l'ignorer,
et si ça lui avait déplu c'était le moment de remon-
ter sa bretelle. Mais elle ne la remonta pas. Elle en
jouissait. Sa poitrine se soulevait plus vite, j'étais
bien placé pour le voir. Elle avait la poitrine
grosse et pleine, moi qui aime les seins enfantins
c'était en quelque sorte une perversion de ma part
ce qui donnait encore plus de sel, la tentation
montait si j'ose dire et mon pantalon avait rétréci.
Qu'est-ce que tu sais faire d'autre? répondit-elle
d'une drôle de voix à ma question d'une heure
avant. Rien, dis-je, mentant d'instinct. Et quel âge
as-tu? Quinze ans, mentis-je encore et j'ajoutai et
demi pour faire bonne mesure et ça parut l'ache-
ver. La seconde bretelle tomba. Mais tu es un
enfant? dit-elle dans un souffle où tout un côté de
la chemise succomba, c'était vraiment une chemise accommodante, et le sein apparut entier,
dans mon admiration (sincère) j'ai dû sans doute
avancer la tête sans le vouloir et elle ne s'en est
pas aperçue car elle avait fermé les yeux.

Thomas était prophète, de dire qu'elle voulait
me donner le sein. C'est bel et bien ce qu'elle voulait. Et elle me le donna. Elle était aux anges.
Quelle bonne mère elle ferait plus tard. C'est tout

juste si elle ne me berçait pas en chantant dors petit frère. Je passe les détails, et si je me trouvai en place il n'y a rien de ma faute, c'était la force des choses et tout arrivait tout seul sans la volonté de personne et pendant que ça arrivait (moi qui ne savais rien, et elle qui ne pensait pas à mal) elle disait sans arrêt Non non non non non, d'un ton plaintif. Des filles m'avaient déjà dit non avant mais pendant encore pas. Elle devait en avoir besoin pour son propre compte.

C'est ainsi que j'assistai à mon dépucelage avec trois ans de retard, et avec bien du plaisir parce que la première fois ça s'était fait un peu à l'aveuglette de part et d'autre, avec plus de sentiment mais le sentiment ce serait plutôt une gêne enfin passons, j'étais là, et j'aurais voulu m'en aller maintenant mais pas elle, j'ouvris la bouche pour dire : tu vas attraper un enfant, mais je n'étais pas censé savoir comment ça se fabrique et après tout elle était l'aînée, donc je me tus et continuai d'obéir, finalement de bonne grâce, et ensuite je ne sais plus, mais — j'ai honte de le dire, je crois bien que je me suis endormi sur le chantier. En tout cas je ne me souviens pas comment ça a fini, et quand je me suis réveillé, j'étais dans les draps, tout nu, et la première chose que je vois c'est des grandes dents inconnues au-dessus de ma figure, et j'ai été pris de panique, j'ai failli appeler ma mère.

— Tu devais être fatigué, dit-elle, tu t'es endormi.

Je dis : je m'excuse... (à tout hasard. Ça avait peut-être mal fini en fin de compte, comment savoir? Pas lui demander toujours).

— Ça ne fait rien, dit-elle, mais... tu n'es pas malade? Elle mit sa main sur mon front. C'est un peu chaud, tu n'aurais pas de la fièvre?

Le thermomètre! Oh non! On allait se mettre à jouer au docteur! Je me dressai comme un diable.

— Non non! Je vais très bien! Je, j'ai... j'ai faim.

C'était vrai. Mais surtout ça me ferait une sortie.

— Je t'ai apporté à manger.

Elle était sortie, elle était allée à son cours, elle avait fait les commissions. Et elle m'avait regardé dormir, dit-elle avec attendrissement (Je m'étais peut-être réveillé à temps, avant qu'elle plante les dents?...) Comme un bébé, dit-elle (elle balançait nettement entre plusieurs rôles).

— Mais, quelle heure est-il?

— Trois heures.

— Bon dieu! Merdier Occidental!

— Quoi?

Evidemment ça sonnait drôle, dans une conversation d'amoureux (si l'on peut dire).

— J'avais plein de trucs à faire ce matin...

Elle eut un geste fataliste, un événement comme celui que je venais de vivre méritait une entorse au programme. Elle était persuadée de m'avoir dépucelé et elle le pense sans doute jusqu'à aujourd'hui, je dois figurer à son tableau sous ce titre. C'est peut-être une spécialiste. Bon si ça lui fait plaisir moi ça ne me dérange pas.

— Il faut que tu manges, dit-elle.

Elle voulait que je me refasse le sang?

— Où sont mes affaires?

— Je ne sais pas moi, dit-elle, comme si elle n'était au courant de rien. Ah là tiens. Elle jeta un regard sur le slip au passage. Sans commentaire.

Saucisson, jambon, œuf dur, gruyère, vin rouge, fruits, une ordonnance pour anémique, et elle s'excusa que c'était froid elle ne pouvait pas faire de cuisine. Vraiment j'allais grossir. Personne ne voulait que je dépérisse. En fait, j'avais réellement faim, c'est triste à dire. Je suis un vrai gouffre. Elle grignotait, assise sur le bord du lit, il n'y avait pas d'autre place où se mettre la piaule était minuscule, et elle me regardait manger avec un sourire attendri et moi je ne voyais que ses dents, qui étaient vraiment grandes. La veille je ne les avais pas remarquées comme ça. Après elle fit du café, elle ôta la veste de son tailleur. Il fait chaud dit-elle, ce qui n'était pas vrai. Je dis : il faut que je m'en aille, ce qui n'était pas vrai non plus, la bibliothèque étant loupée, c'est fou ce qu'on ment dans la vie, et en même temps je regardais ses seins gonflés sous le corsage, trahison, j'étais trahi par mes instincts, malgré moi, malgré ma trouille, une seconde fatale je me dis c'est tout de même bon de faire l'amour, j'étais complice en plus, et elle me laissait dégrafer et la suite, estimant que j'étais à présent au courant de la marche à suivre. Voyons, disait-elle tout de même, voyons, tu n'es pas raisonnable. J'étais mort. Et le pire, cinq heures étaient passées, je m'arrachai de ce lit de débauche — « Fille sérieuse ». On pouvait dire que j'ai de la psychologie. Et moi qui croyais mener toute l'affaire, si astucieusement. Quand c'était elle, depuis le début. Ce que j'appelle « hypnotiser une fille ». Et mon soi-disant « instinct ». Orientatrice. Ça elle l'était, il y avait en tout cas une chose qu'elle savait orienter.

— Tu t'en vas?

Oh non. Me cacher sous le lit. Appeler la police, pour détournement de mineur. Je re-rentrai dans mon pantalon, mon pull, ma veste, je lui collai un bon baiser sur le front (maman!) et elle me dit : Ils étaient bons tes croissants où les avais-tu pris?

Moi, j'étais sûr que je ne pourrais plus rebaiser avant l'année prochaine. Pourtant en étudiant cette invite (c'en était, je commençais à la connaître) je vis qu'elle contenait quelque chose.

— Est-ce que, si je pouvais, ce n'est pas sûr, mais si j'arrivais à sortir très tôt demain matin...

Je précisai pour sa bonne conscience que les boulangers ouvrent de très bonne heure, et même les croissants sont encore plus chauds. Comme ça, si vers les six heures je n'avais pas encore pu fermer l'œil, on ne sait pas. Un lit. Elle dit que sa clé serait sous la porte, pour ne pas aller au palier en chemise. La pudeur. Je vis ses dents dans un dernier sourire.

J'avais le sentiment d'avoir trahi Thomas. Je n'avais pas été correct. Je devais le voir à la bibliothèque, il avait accepté de me rendre service et j'avais l'air de cracher dessus. Et s'il n'était pas au Minus, s'il avait eu un empêchement, ou s'il était déjà parti, en fait il n'avait pas rendez-vous avec moi il pouvait s'en foutre, il devait avoir d'autres choses, qu'est-ce que j'étais moi pour lui, un jeune con, il ne me devait rien. Six heures! Je courais.

Délabrement des masques • Le problème
moral • L'Art du Récit et ses dangers • Des
pissotières en or • La déportation électorale •

Quelle joie quand je le vis, à la même table, au
fond, avec les mêmes types, en train de jouer à
son sacré poker. J'étais essoufflé, et pas très fier.
Il faisait face à la porte et regardait par là quand
je suis entré. Il a eu l'air content de me voir. Les
autres se retournèrent sur moi avec ensemble.

— Eh bien mais oui c'est lui! s'écria Boubou
gaiement.

— Merde à voir la tête à Toto j'ai cru qu'il avait
rentré un floche, j'ai failli passer, dit Trois.

Ça allait recommencer évidemment, qu'est-ce
que je croyais.

— Bonjour, me dit-il en me tendant la main, tu
vas bien?

— Oui. Je m'excuse je suis en retard... et ce
matin, je n'ai pas pu...

— Quoi, des lapins déjà? dit Merle.

— Je me suis demandé si tu t'étais décidé à partir pour Tahiti...

— Il se faisait un sang d'encre vous savez! me confia Boubou.

— Pensez-vous, je m'en fous de Tahiti, j'aime mieux ici!

— Il aime ici!

— Oh mais ça a beaucoup avancé depuis hier, nota Merle. Qu'est-ce qu'on a fait hier soir tous les deux?

— On a été à la Cinémathèque, dis-je. On a vu le Cuirassé Potemkine.

— Christophe c'était la première fois, dit Thomas. Eh bien ça marche encore.

— Thomas tu devrais avoir un peu plus de pudeur devant nous, dit Merle.

— C'est la vie que veux-tu on n'y peut rien, dit Thomas, essayant d'entrer dans le jeu mais pas d'une façon bien brillante il me sembla, il avait dit ça tristement, en fait ça n'avait pas l'air de l'enthousiasmer tellement lui non plus. Assieds-toi me dit-il. Va prendre une chaise. Tu as le temps?

— Tout le temps.

— J'ai relancé, dit Trois. Quand vous aurez fini de minauder. Y a plus moyen de jouer sérieusement avec celui-là.

— Que veux-tu il est amoureux.

— Il faut me prendre comme ça maintenant, dit Thomas, en progrès. Triplé, dit-il après un rapide coup d'œil à son jeu. Les autres suivirent. Retriplé, dit-il. Ils suivirent encore. Le coup ponta d'une manière horrible, personne ne voulait lâcher. Thomas avait un floche.

— Ah! hurla Trois, fou de rage, il l'avait! il l'avait! J'étais sûr qu'il bluffait!

— Et moi j'étais sûr qu'il bluffait et que toi tu

suivais avec rien parce que tu étais sûr qu'il bluffait! J'ai trois beaux rois!

— Et moi j'étais sûr qu'il et que toi tu parce
que lui!

— Ce cochon il se sert de ses passions pour
nous entuber.

— Oui, dit Thomas, et ce n'est pas fini.

En fait il était arrivé à les confondre tellement
qu'ils ne pouvaient plus savoir du tout s'il bluffait
ou pas et il faisait à peu près ce qu'il voulait. Ça
leur apprendrait à faire les cons. Il était très
malin.

— En ce qui concerne le lapin de ce matin, je
crois que la question se pose, chuchota Boubou à
l'oreille de Merle de façon qu'on entende.

— Du reste je lui trouve les yeux battus à ce
petit (ils jouaient aux concierges).

Thomas gagna encore.

— Qu'avez-vous fait ce matin mon enfant,
repartit Boubou.

— Vous êtes monotones, dit Thomas.

— Il a peur, dit Merle, de la cruelle vérité.

— Je n'ai jamais peur de la vérité dit Thomas.

— J'ai mangé des croissants, dis-je, certain que
Thomas allait comprendre, et en effet il pouffa
dans ses brèmes.

— Au fait oui! Beaucoup?

— Tiens ça l'intéresse cette histoire de croissants, dit concierge-Boubou à l'oreille de son complice, et à moi : combien de croissants mon fils?

— Heu, deux je crois. Peut-être trois.

— Curieuse imprécision, dit Merle.

— Je me suis endormi dessus. Je crois bien.
C'est comme ça que j'ai loupé la bibliothèque.

— Je comprends ça, dit Thomas. C'est bon les croissants.

— Mais non, c'est parce que je dormais! Sinon j'y serais allé.

— Ne sois donc pas ingrat.

— Non je te jure. Un peu de croissants bon mais après j'aurais préféré te rejoindre (j'en avais lâché une belle je m'en rendis compte à leurs gloussements extasiés mais je commençais à m'y faire. Peut-être je finirais par trouver ça drôle aussi?) Mais j'avais déjà pas dormi la nuit.

— Ah c'est vrai, tu mangeais d'autres croissants.

— Eh bien non, il y a eu un os. Je, j'ai récupéré.

— Ah oui? dit Thomas d'un air inquisiteur. Vraiment?

— Voilà qu'ils ont des codes, dit Boubou, ils sont enfermés dans leur monde enchanté.

— Non, pas vraiment, dis-je, un peu honteux d'en avoir remis. En fait j'ai cané avant.

— Ah, dit Thomas.

— Vous êtes pas chic, dit Merle. On se sent exclus.

— C'est une longue histoire, dit Thomas.

— Alors si c'est une longue histoire vous n'allez pas l'entamer. Je vous signale que vous avez chacun cinq cartes devant vous depuis dix minutes, dit Trois. Qu'il passe une mouche et les voilà tous le nez en l'air. C'est fou ce que vous pouvez manquer de sérieux.

— C'est pas une mouche c'est l'oiseau bleu, dit Merle.

— Certes que nous manquons de sérieux dit Boubou, c'est notre manière de survivre. Mais

qu'il arrive un événement capital, ou même simplement un événement, nous savons le reconnaître.

— Des fois Boubou tu as comme de l'intuition
dit Thomas.

— Des fois je me demande si vous aimez vraiment jouer au poker, dit Trois.

— Nous n'aimons pas jouer au poker je crois
même que nous détestons ça, mais nous devons
tuer le temps en attendant les conditions objectives, dit Boubou.

— Pardon, les conditions subjectives, dit Thomas. Les conditions objectives sont là depuis déjà
un moment, et c'est elles qui nous attendent.

— Alors pourquoi tu restes à jouer bêtement au
poker au lieu d'aller leur dire qu'on arrive? dit
Merle.

— Parce qu'on n'arrive pas.

— Pourquoi on n'arrive pas? dit Boubou, bébé.

— Parce qu'on ne sait pas d'où partir.

— Il faut prendre contact avec le prolétariat,
dit Merle.

— Pardon, il faut se mettre sous la direction
des paysans pauvres, dit Boubou.

— Du prolétariat.

— Des paysans pauvres.

— Du prolétariat!

— Des paysans pauvres!

— Complice objectif des tigres en papier!

— Camarades, évitons la scission. Ne donnons
pas à la base le spectacle démobilisant de nos dis-
sensions internes, dit Thomas, levé. Il se rassit,
me regarda, et constata mon air bovin et pourtant
gai. Je n'y comprenais rien et je me marrais.

J'étais comme heureux. Béat, au chaud. J'avais l'impression de me baigner dans les Mers du Sud : en somme d'une certaine manière j'étais arrivé, par des chemins non marqués sur la carte, à Tahiti. En bateau à voiles, et sans boussole, l'ayant perdue, quelque part entre le Luxembourg et le Trocadéro. Ou dans les ruines des Halles, tombée au fond de mon puits sans fond. Bon vent. Tu as l'air content toi, me dit Thomas après examen.

Je lui répondis sans regarder mon tableau de bord : « Je suis arrivé à Tahiti ». Personne eut l'air de comprendre, je dis : c'était une analogie. Après on alla chez le Grec, ils étaient internationaux pour la bouffe. Thomas invitait, il avait encore gagné comme un fou. Pendant le dîner, je lâchai le morceau.

●

Boubou, qui devait commencer à flairer, n'arrê-tait pas de m'asticoter à propos de ma vie de famille, s'extasiant sur la liberté dont je paraissais jouir. Tu peux avoir confiance, dit Thomas, c'est des vrais copains. Il n'y avait que Boubou et Merle (Miguel en réalité), Trois nous avait plaqués pour aller en faire un autre « avec de vrais joueurs ». Sans regrets de ma part. Les autres n'avaient pas insisté non plus. Thomas n'avait lancé les invita-tions qu'une fois qu'il était parti. Donc j'ai lâché le morceau. Je dois dire ça a fait monter immédiate-ment ma cote. J'ai même re-expliqué le coup de la télé (l'histoire ne variait pas, alors que souvent je rebrode, celle-là restait sur ses quatre pattes, comme une vache dans un pré) et ils ont apprécié comme il faut, y compris Thomas qui pourtant la connaissait déjà, et faisait le commentaire : c'est le plus bel Œdipe que je connaisse, Freud l'aurait adoré. Et vachement contemporain : on constate la mort du père. Symboliquement. J'étais un cas de non-conditionnement spontané aux mass média, j'avais réussi à ne pas tomber sous l'hypnose de la télévision... Mais je ne déteste pas la télé, dis-je. Quand elle marche. Il distingue, disait Thomas, comme si c'était un miracle de distinguer entre une télé qui marche et une qui ne fonctionne pas, mais il paraît que c'était stupéfiant que je ne sois pas un absolu mouton, et que « ça ouvrait des perspectives étincelantes ». Thomas me présentait sur toutes les coutures, comme son spécimen, je lui avais fourni l'idée de sa thèse sur l'Homme Normal. Il raconta comment il m'avait dragué, dit-il, sur les marches de Sainte-Geneviève pendant qu'il s'engueulait avec Dufreine, Merdier Oriental, et moi je suis Merdier Occidental, dit-il. Plus maintenant dis-je. Mais si, ça me plaît, dit-il, et Miguel nota qu'on était chou mais Boubou n'entra pas et ça tomba à plat. On s'intéressait à moi à présent, personnellement si je peux dire et non à titre de joujou de ces messieurs. J'ai eu encore un beau succès quand j'ai fait la liste de tout ce que j'avais bouffé depuis la veille, et qui, résumé, était vraiment scandaleux, et le devint encore plus quand tout le monde s'aperçut que j'avais dans mon assiette un grand morceau de mouton avec plein de frites. Je leur racontai mon film : La Fugue Tragique du Mineur, avec le type qui à la fin est obligé d'aller à Vichy pour s'en remettre. Avec ça on dégringolait les carafes en rangs serrés, chacun voulait payer la sienne et moi ils ne voulurent absolument pas, on fêtait ma « libération ». J'étais en pleine forme et le centre de l'intérêt général, en train d'exposer ma théorie du Mineur qui le devient juste quand il se conduit en majeur, et qui est le contraire du Jeune, dont j'étais très fier, et Thomas aussi, de sa découverte (moi), m'entourant les épaules et disant que je n'arrêtais pas de le surprendre, qu'il ne le disait pas trop à cause de la grâce qui est fragile... Voyons, essaye de te contenir dit Miguel — Je ne peux pas dit Thomas c'est plus fort que moi il me plaît ce gosse. Je ne plaisante pas, ajouta-t-il d'un air sauvage. Il y eut un blanc, et Boubou le coupa en réclamant une autre carafe et enchaîna qu'il fallait distinguer entre Jeune, futur consommateur, et Jeune-Voyou — « Qui récupère! » — lâchai-je triomphalement ce qui montre que j'avais trop bu car ce n'était pas mon intérêt d'aborder ce sujet si je voulais garder le beau rôle, et Boubou la loupa pas. On aimerait un décodage, si toutefois Merdier Occidental, dit-il, et son spécimen, n'avaient pas l'intention de s'enfermer dans un monde à eux interdit aux copains, ce qui était leur droit mais moins marrant. Il n'avait pas, dit Thomas, moi non plus mais, et comme j'avais l'air emmerdé il répéta que c'était des vrais copains, des amis, que je pouvais y aller, et au fait qu'est-ce que c'était cette histoire de récupération, il aimerait bien savoir lui-même, sauf si je voulais la garder pour moi évidemment c'était mon droit (mais moins marrant, re-dit Boubou) mais comme c'était moi en somme qui avais accroché le grelot, bref. Voilà, dis-je, j'ai comme un problème. Moral. Ils soupirèrent d'aise. Et moi, c'est triste à dire mais qu'on me donne un auditoire attentif et je ne peux pas me tenir, à dire vrai ça n'arrive pas souvent et j'ai plutôt du refoulement mais depuis ma « libération » et en plus les carafes. Au fait je me demande s'il y a une tentation au monde à laquelle je serais capable de résister.

— Alors quand je suis arrivé chez moi, le car de flics était devant la porte.

Et cetera. Je réussis à donner une image tellement chiante de mes durs que personne aurait supporté leur compagnie trois minutes même avec la banque de France à la clé, et à la fin personne ne savait plus si mon problème moral c'était que j'avais peur de ne pas y être allé par moralité ou si je craignais de ne pas y être allé par peur ce qui aurait été immoral. Même moi je ne savais plus, j'avais tout emmêlé.

— Et ces transistors, soi-disant récupérés, dit Thomas, c'était pour les distribuer aux travailleurs dans les bidonvilles?

— Ah non! C'était pour les filer à Enfoiré, qui les trafiquait.

— En somme si j'ai bien suivi il s'agit d'histoires entre commerçants qui ont des méthodes de travail différentes, les uns investissant dans l'achat au grossiste et payant patente, et les autres dans un outillage spécial et des réseaux de distribution complexes? Comme il y a plus de gains il y a plus de risques, c'est une loi du marché. Je ne trouve pas plus de vertu à être voleur que vendeur de transistors et je me demande ce que la morale viendrait foutre là. Quant à la récupération je ne la vois pas du tout puisque ça reste dans le circuit.

Il s'agit de brigandages rivaux. Il ne faut pas tout mélanger. C'est clair.

— Professeur Merdier est parfois un peu cassant, me dit Miguel. Te frappe pas, nous aussi on a passé par là.

— C'est clair, dis-je à Thomas, sans essayer de la ramener. Il avait raison.

— Affaire classée dit Boubou, à bas la morale, vive la clarté dialectique, à la suivante : décodage des croissants. Et une autre carafe s'il vous plaît Nikos.

Ce n'est pas des histoires faciles à raconter, et cette fois ça donna, entre la pudeur et mon goût pour la broderie, une importance considérable à l'affaire des dents, comme quoi je n'aurais échappé que de justesse. Ils étaient ravis, on avait découvert le Vampire du Quartier Latin. Installé au cœur de la chair fraîche, le petit malin. La clé sur la porte, en cas. Moi qui rêve de rencontrer un vampire en chair et en os si j'ose dire, dit Miguel. Si on y allait?

Silence. Idée énorme. On en resta pantois. Il y eux un moment terrible. Elle serait si contente, dit Miguel, quatre à la fois tout frais... Je pouvais imaginer : sûrement elle aurait supporté une brigade si seulement elle se décidait, c'est-à-dire si elle pouvait se trouver une bonne raison à mettre devant pour cacher. Mais. L'addition, dit Thomas dans le silence collectif. On sortit. On monta par l'Odéon. On passa devant le Sénat, que des flics gardaient. On longea le Luxembourg. On arriva à la rue. Je ne jure pas qu'on marchait d'un si bon pas qu'au départ. Principalement moi : j'avais comme un problème moral, que je ne sais pas

110

comment Thomas me l'aurait réglé par sa dialectique celui-là. Qu'est-ce qu'elle avait fait la pauvre pour récolter une avanie pareille? Elle aimait faire l'amour avec les bébés, et ce bébé-là aimait raconter des histoires de nourrices... Tout ce qui me mettait un pied devant l'autre c'était mon sacré prestige, foutu emmerdeur dans quels pétrins il ne me fourrerait pas. Pouvais-je être un lâche une seconde fois?... Thomas freina sec et stoppa.

— Non, dit-il. C'est un coup à faire salement piquer le petit, s'il y a un scandale. S'il faut un lâche ça sera moi, je suis majeur et amoral.

— Ouf, dit Boubou, tu as bien fait de parler j'avais mal aux pieds. J'ai un cor. Il s'assit sur le trottoir et se déchaussa.

— D'ailleurs on n'a pas de bouteilles, dit Miguel, on n'arrive pas chez les gens comme ça sans bouteilles. C'est mal élevé. Il s'assit aussi.

— Tu aurais dû y penser plus tôt, lui reprocha Boubou. Maintenant tout est fermé on trouvera rien.

— De toutes façons elle n'a que deux verres, dis-je, tellement soulagé que j'en devenais capable d'entrer dans les jeux. Et la piaule est minuscule on tiendrait jamais tous. Je m'assis sur le trottoir.

— Et peut-être ce n'est même pas un vrai vampire, dit Miguel, jugez de notre déception.

— C'est un vampire de bébés, dit Thomas. Je suis sûrement trop vieux pour elle.

— C'est un vampire à principes, dis-je : il lui faut une bonne raison. Sinon elle peut se fâcher.

— C'est vrai ça dit Boubou, on n'a pas pensé au

petit, elle lui en aurait sûrement voulu. On a agi en
égoïstes.

— La vérité c'est qu'on est soûls, dit Thomas.
Moi en tout cas je suis soûl. Moi aussi dirent les
autres et moi aussi.

— Cette petite marche à pied nous aura fait du
bien dit Boubou. Surtout le passage devant le
Sénat.

— Il faut toujours faire quelques pas après
avoir mangé dit Thomas. On dort mieux.

— Comme idée c'était bien, dit Miguel. Comme
idée.

— On a passé un bon moment, dit Boubou.

— Les joies de l'esprit, dit Thomas. Dans le
fond nous sommes des contemplatifs.

— Tout ça c'est de ma faute, dis-je.

— Mais non mais non c'est nous on t'a excité.

— Je n'en ferai rien je vous en prie.

— J'ai froid au cul.

— C'est parce que je mens. Je suis un men-
teur.

— Oh! dirent-ils tous, scandalisés.

— Je lui ai pas mal rallongé les dents, pour la
beauté de l'histoire.

— Est-ce qu'il aurait lu Saussure?

— Qui?

— Il pratique le rebondissement, le suspense, le
réveil d'intérêt, le grossissement... dit Miguel.

— Oui, ben on voit bien que toi tu l'as pas lu en
tout cas, tu te fais bien des illusions, dit Thomas.
Saussure ne s'occupe absolument pas de la beauté
de l'histoire. Ni de la beauté du tout.

— Moi j'ai rien lu du tout, dis-je. Moi je suis un
ignorant complet alors si vous voulez me bêcher

allez-y le champ est libre je suis même trop con pour m'en apercevoir faites comme si je suis pas là.

— Mais c'est pas à toi qu'on en avait c'est à Saussure, dit Thomas, ou plutôt à ses conséquences. Et justement il ne faut surtout pas que tu le lises, ça rend fou.

— Déjà rien que prononcer son nom ça rend nerveux, dit Boubou. La preuve.

— Bon, je suis con.

— Mais non t'es pas con, dit Boubou. Il s'énerve, mon dieu qu'est-ce qu'on peut faire, nous voilà en plein malentendu.

— Bon alors prouve-moi que je suis pas con.

— Ça c'est son côté petite vache, dit Thomas. Sors-toi de là Boubou.

— J'ai froid au cul dit Boubou, je ne peux pas. Je comprends pourquoi tous les philosophes étaient assis sur le trottoir, dans le Sud. Diogène était assis sur le trottoir. Or Diogène était pas con. Donc ceux qui sont assis sur le trottoir sont pas cons.

— Mais il se branlait en plus, dit Miguel.

— Masturbait, dit Thomas, emploie pas des mots cochons.

— Pas avec froid au cul, dit Boubou. Je te garantis. Spécimen se contentera sans j'espère?

— J'ai une autre idée dis-je, oubliant que j'étais énervé : je vous présente Vampire à la bibliothèque, vous tentez votre chance, elle marche avec chaque, après on va tous ensemble lui faire une scène de jalousie. Il faut un truc avec elle, elle est très morale.

— C'est Valmont ce petit dit Boubou, ce n'est

pas Phaidros, ni Agnès. J'appellerai ça du détournement de majeurs.

— C'est un bon petit camarade dit Miguel, il est collectiviste jusqu'à la queue.

— Mes amis on va avoir un monde épatant quand ils nous l'auront récupéré, dit Thomas. Vous allez voir ça. Je reprends espoir d'heure en heure, de minute en minute. Dans moins de quarante ans d'ici c'est dans la poche.

— Ben alors pour le voir il faudra qu'on chausse des bésicles dit Boubou.

— Peu importe! proclama Thomas, orateur et resté debout, même avec des loupes si mes yeux peuvent voir ce jour ils n'auront pas pleuré en vain!

— Quel cœur généreux, dit Miguel. Toujours pour les autres.

— Papa Mao a dit de s'occuper de sa propre oppression, dit Boubou.

— Ma propre oppression c'est d'être un oppresseur, dit Thomas, et c'est pas marrant. Je vais me démettre car j'en ai marre de m'opprimer. Les oppresseurs en ayant marre fondent le mouvement d'auto-libération des oppresseurs par eux-mêmes, non je ne blague pas on tient le bon bout camarades vinceremos, je prends le pari : nous baiserons, pardon, nous ferons l'amour dans, pardon, avec, nous ferons l'amour avec la société sans classes! Qu'est-ce qu'on parie?

— Une bière, dit Boubou, j'ai soif.

— Prophète Merdier dans ses rêves, entrée gratuite, visitez dès à présent les lendemains qui baisent dit Miguel.

— Ben quoi il a raison merde! Les rêves ça

pousse comme des radis. Moi j'en ai vu pousser. Faut toujours essayer, on ne sait pas d'avance ceux qui sortiront. Moi quand je suis parti l'autre soir, je suis resté dans la cour et je rêvais que les autres avaient fait pareil et allaient descendre d'un moment à l'autre, et on irait casser toutes les télés. Bon j'étais tout seul d'accord. Mais, qu'est-ce qui me dit qu'il n'en est pas descendu, d'autres soirs, qui ont attendu, et moi j'étais pas là? Peut-être qu'on se loupe tous les jours après tout, depuis longtemps...

— Mineurs de tous les Grands Ensembles Unissez-vous, dit Thomas.

— Et après on ira faire sauter toutes les baraques. Et après, on mettra des Halles et des bistrots partout.

— Et des bordels, dit Miguel, je suis pour le rétablissement des bordels. Mais gratuits.

— Et des pissotières en or, dit Thomas.

— Si tu veux, dis-je, bien que je trouvais que ce n'était pas indispensable mais pourquoi le contrarier; on mettrait tout ce qu'on voudrait. Et des rats.

— Tiens, pourquoi des rats? C'est original.

— Parce que je suis soûl. D'ailleurs je suis soûl sans arrêt. Et aussi j'aime les rats.

— Et moi j'ai froid au cul dit Boûbou, allons-nous-en d'ici. Et qu'est-ce qu'il fait maintenant le héros?

— Il ne sait jamais ce qu'il va faire la minute d'après, dit Thomas. Seulement le demi-siècle d'après.

— Je vais me coucher, dis-je.

— Où?

— Ne l'embête pas avec ces détails. Il va se coucher.

— Avec qui? dit Miguel.

— Avec la dévoration ou l'arrestation, dit Thomas. En fait c'est une question assez sensée que tu poses là Boubou.

— Si je la pose c'est que j'ai une autre idée, dit Boubou. Chez moi il y a six chambres dont des vides. Je peux raconter n'importe quelle craque, que son père est en tôle le mien sait ce que c'est, ou qu'il arrive du rideau de fer c'est toujours bien porté à la maison on a eu toute la Hongrie à table. Pour servir. Je crois que je pourrais leur faire croire que c'est mon frère et en outre ils demandent jamais rien.

— Pourquoi on n'y a pas pensé plus tôt? dit Thomas.

— Parce que c'est à moi d'y penser, dit Boubou. Et j'y pense parce qu'il est pas con. Sinon il faudrait pas y compter j'ai horreur de rendre service.

— Tilt Boubou, dis-je, tu as gagné.

J'ai une drôle de veine quand j'y pense, depuis que je suis parti tout me tombe tout rôti, j'ai même pas besoin de demander. Thomas dit que c'est parce que je me plaçais au confluent des grandes lignes de forces vitales et que j'avais la grâce. La passion t'égare dit Miguel. Peut-être, dit Thomas, sauf que la passion n'égare pas elle ouvre l'œil, elle est le chemin de la connaissance, tu te répètes dit Miguel ça va vraiment pas. J'ai froid au cul dit Boubou, fichons le camp. Je voulais tout de même aller aux nouvelles vers chez moi, je les rejoindrais ensuite. C'est trop compliqué dit Boubou on va t'emmener. C'est comme ça que je fis

116

ma rentrée dans mon bled en Triumph. Je voulus me percher derrière mais ils m'enfoncèrent dans la bagnole et s'assirent quasiment sur moi, pour des raisons de sécurité. Ils s'amusaient bien avec mon histoire, ils se croyaient dans un western. On s'attendait à un barrage de police pour le moins, mais il n'y avait rien du tout, ils s'étaient découragés. Je les fis garer pas trop près, et je me glissai avec prudence le long des blocs. Ils m'avaient donné un quart d'heure et si je n'étais pas revenu ils décarraient sans m'attendre. Laissons-lui vingt minutes dit Boubou, moi ce serait plutôt la bonne demi-heure dit Miguel. Porte à porte. N'entrons pas dans la pornographie dit Thomas. Mon dieu il devient pudique ça va très mal, dit Miguel; et moi : si vous continuez le soleil va se lever on sera là. Cours, dit Thomas. Et reviens si tu veux. Je veux!

La fenêtre était fermée, rideaux tirés. Je ne pouvais pas espérer qu'elle m'attendait tous les soirs au garde-à-vous bien sûr. De la lumière filtrait. J'ai frappé doucement avec l'ongle. La lumière s'est éteinte. Merde. J'ai recogné. Mais elle est arrivée, et a refermé le rideau derrière elle. Elle me dit que sa mère était malade elle ne pouvait pas me faire entrer. Je dis : je n'ai qu'un quart d'heure de toute façon, je ne reste pas. Ah bon, dit-elle; alors, la police est prévenue, ils sont venus et ont interrogé Serge et Nicolas. Pas elle. Je passerais sans doute demain à la radio dans l'Intérêt des Familles, avec mon signalement, cette veste était vachement voyante il faudrait la changer as-tu encore du fric, pourquoi tu n'as pas marché hier avec les copains ça tombait pourtant bien elle m'avait garanti. J'ai encore du fric merci, j'aurais marché pour hier mais pour la vie non, je me suis taillé pour être libre et puis de toute façon j'adore pas les professions commerciales. Quoi? C'est une longue histoire je t'expliquerai plus tard. Oui dit-elle c'est pas le moment (elle n'était pas contente que j'aie refusé une si magnifique occasion? Elle était un peu distante). Tu as trouvé où dormir? Oui, j'ai une planque chez un copain, il m'attend pas loin. Transmets mes nouvelles, dis à Serge qu'il peut me trouver au — merde, je ne pouvais pas donner le Minus à Bambi, rapport à l'équipe Jeff qui n'avait pas à savoir — au Dupont Latin vers midi. ok, attends une minute, dit-elle. Elle referma la fenêtre. J'attendis. Elle revint, toujours prise dans son rideau, et me mit un paquet dans les mains. Le casse-croûte du proscrit. Dieu sait ce qu'il y avait encore là-dedans, l'idée me levait plutôt le cœur après tout ce mouton et le pinard mais je pouvais pas le laisser, ça aurait été immoral. Et puis sait-on jamais. En tout cas elle avait voulu être gentille. Je la remerciai, et — un peu de tendresse, non? mes lèvres rencontrèrent sa joue! T'es fâchée? Non. C'est parce qu'on n'a pas le temps. Et j'ai peur qu'on vienne, dit-elle, puis elle m'embrassa elle-même, comme il fallait, une grande minute, et il y eut un moment très gentil à nouveau. Et elle dit : Va maintenant, avec son air femme d'évadé.

Fallait-il mettre un mot à mes vieux? Plutôt que d'avoir la police aux trousses, et cette veste (à carreaux rouges et noirs!) me démangeait maintenant. Mais ça aurait tout foutu par terre, je n'aurais pas été parti. Pas que leur inquiétude me fasse jouir et que je veuille leur faire croire que je suis passé sous un autobus, puisqu'il paraît qu'on se fout sous tous les autobus dès qu'on échappe à leur contrôle moral. Pas physique notez, c'est un peu fumeux cette inquiétude. Mais enfin ils croient qu'il y croient à cet autobus et ils s'inquiètent. Pas tellement pour notre moral, pour notre vie. Nos âmes peuvent sombrer ils ne s'en apercevront même pas, mais pour nos corps il n'y a aucun reproche à leur faire. Ou bien mettre : « Mon âme est passée sous un autobus. » Ce qui aurait été un fameux mensonge : mon âme allait magnifiquement bien. J'arrivais en vue de la Triumph et j'oubliai le problème.

— On t'attendait à l'aube.

— C'était du vite fait.

— Mais non, sa mère était malade je ne pouvais pas entrer.

Ça ne collait pas très bien cette explication quand on la sortait pour les autres. Je sentis comme un malaise. Surtout à cause de ma niaiserie. Ce rideau. Mais quoi, mais quoi, qu'est-ce que j'avais à dire? Absolument rien. Elle avait dit qu'elle m'aimait pourtant... Bon, elle l'avait dit, et alors? Alors elle aimait plusieurs. Elle aimait les proscrits en totalité. Bon. Enfin bon.

— De toute façon j'avais dit un quart d'heure.

— Filons, dit Boùbou. Moi j'en ai marre d'être ici. Y a aucune raison de traîner dans des parages aussi sinistres. Je comprends que tu te sois barré, moi dix minutes et je me flingue, mais qu'est-ce que c'est que ces architectes! Ma parole ils doivent détester les gens. Les haïr à mort. Tu es né ici?

— Non, dans le XIIIe, on a été relogés.

— Déportés, dit Thomas.

— Peut-être, oui. Quand ils ont rénové.

— Rénové l'électorat, oui, dit Thomas. Aménagement du territoire, oui! Le peuple de Paris, qui leur foutait tant la trouille : en banlieue! banni, exilé! hurlait-il par-dessus le moteur. Ce que les Parisiens sont devenus cons, dit-on maintenant, cons et prétentieux, et mauvais et froids, et c'est vrai — sauf que c'est pas les mêmes qui habitent à Paris, c'est des gros loyers qui occupent maintenant la ville, et les gros loyers c'est la lie de la terre! Maintenant le XIIIe à mille par mois vote bien. Et rapporte. C'est fini ce scandale, le terrain de Paris qui ne rapportait pas, sauf des révolutions! Ah ils ont bien arrangé le coup! Et le peuple, dispersé, atomisé — la diaspora politique! Ah les habiles, les roués! Ah les porcs! Ah! Il en étouffait, et moi je buvais du lait. Et faire quoi? dit-il.

— Oui, dit Boubou, c'est the question. Tout le monde s'imagine à présent que ces baraques-là existent. Je crois qu'il faut tuer tous les architectes. Dans le ventre de leur mère. Prophylaxie. Mais la thérapeutique? A part le bain de sang...

— Faire sauter toutes les baraques, dis-je. (Tu vois Nicolas, je te cite.)

— Bon, allons-y, dit Boubou. Le verre ça pose pas de problème, un petit tremblement de terre suffit. Ou des pierres. Et maintenant qu'est-ce qu'on fait de l'acier?

— Versons des grandes bouteilles d'acide, dis-je. D'en haut.

— L'acier est pas attaqué par l'acide, dit Miguel. Je crois.

— Merde, dit Boubou. Et le béton? Qu'est-ce qui vient à bout du béton?

— Le temps, dit Thomas. En cent ans c'est complètement effrité.

— C'est démobilisateur ce que tu dis là. On était bien partis.

— Faisons une Commission Technique.

— Je propose les loyers gratuits.

— Démago.

— Je propose une bombe atomique.

— Je propose des rats.

— Je propose de répandre une vaste nappe fumigène de chanvre indien.

— Je propose d'acidifier les conduites d'eau!

— On avance, on avance.

— Je propose de se mettre sous la direction des — Boubou n'alla pas plus loin car les deux autres lui fermaient la gueule à pleines mains, la Triumph fit une embardée sublime sur le trottoir, passa entre deux arbres et reprit pied d'un demi-tour sauvage sur l'autre côté du boulevard — des schizophrènes! beugla Boubou, libéré. Eux seuls sont capables de nous tirer de là.

— Toutes les propositions sont adoptées.

— Je propose de baiser, dit Miguel. Larguez-moi au Luxembourg je vais essayer de récupérer Charlotte, ou Clémentine. J'en ai assez de ramer dans du vent camarades intellectuels je veux un peu de chair.

— On dit viande dans ce cas, dit Thomas. C'est plus franc.

— Mâle chauvin, dit Boubou, attends un peu

que la brigade des Nymphomanes te prenne en mains pour t'apprendre comment on fera l'amour dans, avec la société sans classes!

— Larguez encore plus alors, que je profite de mes derniers quarante ans de privilèges.

Après Boubou fit le tour du Luxembourg, et puis il le recommença. C'était une bonne idée, on était bien là-dedans, un peu moins serrés mais encore beaucoup, j'étais au milieu, les pattes emmêlées avec Thomas pour pas gêner le conducteur, les bras derrière les épaules parce que où les mettre, la tête renversée je regardais le ciel parce qu'il y avait un peu d'étoiles, c'est une chose qu'on ne regarde pas souvent il faut une décapotable pour ça. On avait chaud. En ce qui me concerne Boubou pouvait continuer.

— Allons Boubou, dit Boubou, un peu de bon sens, et partit dans l'autre. A la fin tout de même on arriva rue Thénard. Thomas descendit, il me tendit la main. Dors bien. Dors bien, répéta-t-il. Je suis content que tu sois garé. Alors à demain? Bien sûr à demain. Bien sûr. J'étais dans la belle bagnole, assis comme un prince, au large maintenant. Il faisait moins chaud. Thomas sur le trottoir souriait, gardait ma main, Boubou pas pressé faisait tourner le moteur. On n'avait pas envie de se quitter, on restait là tous les trois souriant bêtement. J'étais complètement heureux. Je pensais en majuscules. Ça restera, le coin de la rue Thénard, Un Moment Exceptionnel dans Ma Vie.

Interlude • Pour être méconnaissable changez de classe sociale • Mauvaise répartition de l'abondance •

Ce qu'il y a de bien dans les appartements des riches c'est qu'on n'entre pas dans la pièce où il y a tout le monde, qui saute immédiatement sur l'occasion de vous demander d'où on vient, pourquoi on arrive si tard, etc., et les scènes qui s'ensuivent forcément de ce genre de questions. On rentre, on prend son couloir, on va au fond dans sa chambre sans que personne vous ait vu et on est garé. Après on pourrait même raconter qu'on est là depuis un bon moment, qu'on est juste sorti cinq minutes pour acheter des cigarettes. S'il venait à l'idée de quelqu'un de vous demander quelque chose des fois. Mais ils sont si habitués à ne pas se voir qu'ils n'y pensent même pas. Des conditions comme ça rendraient même la vie de famille possible. Et comme dit Boubou (personne s'était aperçu qu'il était rentré, et avec un autre gars) ça me coupe tous mes élans, pourquoi me

123

barrerais-je ils ne sont jamais là eux-mêmes, ils ne s'en apercevraient même pas à moins que je leur fasse savoir par un huissier. Une fois mon frère Sébastien a essayé (il en voulait celui-là), il est revenu quinze jours plus tard, il est tombé dans le dîner, sa mère lui a dit : « Tu aurais tout de même pu te changer pour passer à table. » Il n'a plus recommencé. C'est à vous dégoûter. Qu'est-ce que tu fais devant la glace du narcissisme?

— Je regarde mon signalement. Qu'est-ce qu'ils ont pu mettre?

— Nez moyen, front moyen, teint moyen, yeux moyens, cheveux châtain blond dépassant la longueur réglementaire comme tout le monde, tant qu'ils ne mettront pas gentille petite gueule ils vont en trouver des trains entiers comme toi. Et même s'ils mettent jolie petite gueule, car il y a embellissement généralisé du sujet jeune ces temps-ci.

— Veste à carreaux rouges et noirs...

— Oui, ça c'est plus grave.

— A col de cuir. Pull jacquard. On devrait se tailler en costume neutre.

— Oui, c'est embêtant. Par contre c'est plus facile à arranger. Viens par-là.

Dans une autre chambre il ouvrit une énorme penderie qui tenait tout un mur. Un vrai magasin d'habillement. Et rien que les trucs les plus chouettes, première classe. Des gilets rouges, et même à petites fleurs, un smoking bleu pervenche ou dieu sait, une garde-robe pour play-boy professionnel. Faut t'habiller en gosse de riche dit Boubou, c'est le meilleur camouflage. Tu as quelque chose contre l'antilope aubergine? C'est rudement beau, mais est-ce que ça ne fera pas un peu pédé? dis-je. Et pour cause dit Boubou mais je trouverais ça plutôt marrant. Avec ce cachemire rouge tiens. Il était dans les tiroirs d'une grosse commode et foutait tout en l'air. Ça serait très chou, dit-il.

— De l'aubergine avec du rouge ah c'est bien toi tiens, dit une voix traînant derrière nous. Boubou sursauta et se retourna, les bras ballants et absolument l'air d'un môme pris en faute. Pour le mauvais goût tu as hérité des deux côtés, dit un type bien peigné et dédaigneux dressé dans un lit noir à l'autre bout de la pièce.

— Mais qu'est-ce que tu fais là? dit Boubou.

— Est-ce que je ne suis pas chez moi? Dans ma chambre?

— Je te croyais au mont Athos!

— Je pense bien que tu n'aurais pas pillé ma garde-robe si tu m'avais su là.

— Mais, tu avais renoncé au monde, non?

— Hélas, pas à tout le monde. D'ailleurs j'ai renoncé à renoncer. Heureusement pour toi d'ailleurs, je vais pouvoir t'éviter de regrettables fautes d'harmonie. Aubergine et rouge : veux-tu briser dans l'œuf la carrière de ce jeune homme? Ce serait dommâge, dit-il.

— Mon frère Fabrice. Christophe.

— Ravi, dit le frère. Absolument ravi. Benoît je tiens à te féliciter, voilà qui va être un facteur de rapprochement entre nous. Enfin on va avoir des sujets de conversation communs.

— Ah non! hurla Boubou. Ah non! Pas ça! Pas moi! Pas toi! Pas aujourd'hui! Ah non je ne joue plus moi j'en ai assez!

— Qu'est-ce qu'il lui prend? me dit le frère, et, constatant que je me tordais, incapable de répondre : pourquoi cette maison est-elle pleine de fous?

— Excuse-moi dit Boubou mais tu comprends ça fait deux jours que ça dure...

— Non je ne comprends pas. Que ça dure quoi?

— Je ne peux pas t'expliquer dit Boubou, en tout cas pas en une fois, c'est une longue histoire. Christophe est un copain, il s'est engueulé avec ses vieux et je l'ai invité ici tu comprends, pour ce soir, en attendant. C'est tout.

— Et pourquoi doit-il attendre déguisé en aubergine et rouge?

— Parce qu'on a dû donner mon signalement. A dire vrai je ne sais pas si je vais rentrer tout de suite, dis-je. Alors Boubou a pensé...

— Ma taille ne va pas, dit Boubou, il est maigre. Et, étant donné tes dispositions quand tu es parti, tu n'aurais plus jamais l'usage de ces affûtiaux mondains.

— Ça commence à s'ordonner, dit le frère. Je ne vois plus qu'un seul point à éclaircir, c'est pourquoi il faut jeter tous mes autres vêtements par terre.

— Ça c'est à cause de mon caractère, dit Boubou. Je manque d'ordre.

— Et à part ça, rien? Pas de nouvelle particulière?

— Pas de, non, désolé de te décevoir.

— Eh bien tant pis — ou bien devrais-je dire tant mieux?

— Ah, mais... commença Boubou avec un geste d'avertissement, puis il stoppa. Après tout en quoi ça me regarde, je ne suis pas le foyer de la jeune fille. Démerdez-vous tous je m'en mêle plus.

— Je préconiserais donc, dit le frère, et en pyjama de soie blanche immaculée sortit de son lit noir, et en effet il était plus grand et maigre que Boubou — étant donné l'effet recherché, une tenue discrète, chic, peu voyante bref, de nature à n'attirer aucun regard officiel, et à écarter tout soupçon de vagabondage ou perdition quelconque. A cet égard, poursuivit-il en effeuillant un à un les cinquante ou cent costards pendus dans le truc, je donnerais la préférence à un petit ensemble de type Oxford, quelque chose du genre blazer marine et froc de flanelle grise; relativement modeste, par rapport aux propositions antérieures, mais par contre d'extrême bon ton et, surtout, de son âge; en outre parfaitement de saison, tenez essayez ça. Il me l'envoya. Le tout, dit-il en se dirigeant vers la partie commode, porté avec un polo assorti, euh, j'ai peur que le ciel ne fasse un peu, enfin, je crois qu'un outremer, voyons... Il me les drapait sur la poitrine tout en parlant. Non cela ne va pas aux yeux qui sont plutôt... oui, pers c'est ce qu'on dit. Au fond un gris plus clair que le pantalon serait encore le mieux, voilà mon ami, euh, Christophe si vous permettez.

— Bien sûr oui. Merci. Merci.

— J'aimerais voir l'effet, dit-il, on n'est jamais trop soigneux en ces domaines, une petite faute peut tout compromettre.

Boubou dégoûté se laissa choir dans un fauteuil, as-tu à boire dit-il, j'ai soif. Le frère sortit une bouteille et trois verres et de la glace d'un petit meuble antique (il avait même sa propre vaisselle et son frigo dans sa chambre, ah ils sont organisés), et servit, pendant que je me changeais, en essayant qu'on ne voit pas le slip. Je ne pouvais tout de même pas en demander un.

Il faut dire, ça m'arrangeait bien. J'étais un peu au large dans la veste, mais jamais je n'avais été aussi à mon aise dans un costard, les bras complètement libres, et je ne sais pas en quoi c'était fait ça ne pesait rien. Les riches ont des systèmes pour ne pas se fatiguer jusque dans les plus petits détails. Qu'est-ce que je me sentais bien. Et pas seulement physiquement. Moralement aussi. J'avais l'impression de bouger d'une manière plus dorée, déjà tout de suite à peine sauté dans le costume.

— C'est pas mieux ? disait le frère. Qu'est-ce que tu m'en aurais fait toi Benoît ? De la marée fraîche, voilà ce que tu m'en aurais fait. Tandis que là il porte ses trois générations de Jeanson. Ce qui d'ailleurs ne veut pas dire grand-chose mais fait illusion dehors. Les cheveux, dit-il, il faudra arranger un peu, rogner. Ce n'est pas la longueur d'ici et ça se voit. Petits détails. Non mais il est parfait. Quelle jolie chose ! Demain je l'envoie à Maximilien pour un petit rattrapage il en vaut la peine, il sera parfait. Vous voulez entendre mes disques grecs ?

Il enfila une robe de chambre de soie noire à ramages chinois sur le pyjama de soie blanche. Asseyez-vous Christophe voulez-vous un peu de glace ?

— Fabrice, oh Fabrice, gémit Boubou du fond de son fauteuil. Si j'avais su que tu étais rentré je me demande...

128

— Welcome brother!

— Ok, dit Boubou, welcome.

C'était beau ces disques. Et ces types qui chantaient ça tu ne peux pas savoir! disait Fabrice. Des gueules! tu n'as pas apporté des disques des moines? dit Boubou. Je n'en puis plus supporter même l'odeur de ces disques, dit Fabrice. Tu ne peux pas savoir le calvaire que ç'a été, il m'a tout fait. Enfin... n'y pensons plus, ou du moins essayons. Chaque jour est un nouveau jour, la preuve, dit-il, il vint me verser un autre whisky, mit un autre disque...

— Il faut qu'il aille dormir, dit Mère-Poule-Boubou. Il a eu une journée très dure.

— Ah oui?

— Très dure, insista Boubou. Il a mangé plein de croissants chez une vampire, qui l'a à moitié dévoré.

— En effet il faut qu'il aille se reposer un grand coup. Quelle chambre lui as-tu donnée?

— Euh... A dire vrai je comptais lui donner la tienne...

— Tu peux encore, insinua Fabrice, je commençais à être affolé il s'en rendit compte, je plaisantais dit-il courtoisement. Et chez Zélie?

— Zélie est ici. Elle a quitté Jules.

— Encore?

— Cette fois on espère que c'est la bonne. On en avait marre de Jules. Sauf Mur d'Argent, Mur d'Argent a dit que pour une fois que j'avais quelqu'un à qui parler dans ma propre maison. Pas une raison pour entretenir un connard a dit Zélie, juste pour te tenir la jambe, tu n'as qu'à regarder la télévision. Alors Jules de désespoir s'est fait bombarder à Tahiti dans la commission du machin nucléaire. (Il y avait donc des gens qui y allaient à Tahiti.) Du coup Zélie a demandé l'annulation en Cour de Rome, pour cause d'impuissance, et en a répandu le bruit dans les gazettes antigouvernementales, de sorte que Jules est obligé maintenant de s'afficher avec des tas de vahinés.

— Je ne savais pas que ce gouvernement exigeait des preuves de virilité. Et Zélie elle s'affiche avec qui?

— Avec l'ex-femme d'un ex-secrétaire d'Etat à la Famille. Toutes deux recueillent des signatures en faveur du divorce en cinq minutes et de la grève de la procréation. Elles ont été photographiées pour Fleur de France avec le Deuxième Sexe à la main.

— Ça devait être ravissant!

— Je vais le mettre chez le Puma. Lui, aucune chance qu'il rapplique, même s'il se taille c'est pas ici qu'il viendra. As-tu un tabou sur la chambre du Puma?

— Oui. Rien de laid chez le Puma. Christophe peut donc y dormir.

— Bon, au pieu. Nous t'avons coupé dans ton premier sommeil, je m'en excuse.

— Coupe-moi toujours comme ça et tu seras mon frère, bonsoir vieux. Bonsoir Christophe.

— Bonsoir monsieur.

— Mon nom est Fabrice.

— Bonsoir Fabrice.

— Il apprend vite. Bonne nuit.

— Dire que je croyais t'amener dans un désert, me dit Boubou en sillonnant le couloir.

— Mais il est chouette ton frère. Il est marrant. Merde j'ai oublié de le remercier.

— Tout le plaisir était pour lui tu sais.

— J'ai oublié aussi mes vieilles frusques chez lui.

— Tu peux toujours aller les rechercher, dit Boubou, d'un ton sarcastique sur les bords. Si tu es tenté.

Les murs de la chambre « du Puma » étaient entièrement tapissés de photos d'animaux y compris le plafond. Photos extraordinaires d'ailleurs, les bêtes étaient toutes prises en mouvement. Tout des bêtes à poils, en particulier une quantité de gazelles et ce genre-là, et des tigres, des panthères, des jaguars et sans doute des pumas, je ne sais pas les distinguer dans le détail.

—'Qui c'est le Puma?

— Nous avons un frère qui est un animal. Un puma. C'est comme ça, dit Boubou. Ça arrive dans les meilleures familles tu vois.

— Où il est, d'où il ne peut pas rappliquer? dis-je, un peu hésitant. J'avais un soupçon.

— En Suisse, dans une maison de repos comme on dit. Aux fous, quoi.

— Je te demandais ça, pas pour être indiscret, dis-je, marchant sur des œufs, c'est que j'avais senti un truc. Ma sœur aussi est dans un asile.

— Qu'est-ce qu'elle était elle?

— Oh, elle avait eu une histoire avec un type, et ça s'est su. Par les bonnes femmes de la Cité, là-bas tout se sait. Le type a été arrêté, enfin, tout un scandale. Elle le vieux l'a enfermée dans sa chambre et elle a gueulé pendant des jours jusqu'à ce qu'il amène le docteur, et ils l'ont emmenée.

— Merde, dit Boubou. Qu'est-ce qu'on lui fait?

— Je ne sais pas. Le vieux ne veut pas qu'on parle d'elle.

La honte. Toute la Cité. L'honneur de la Famille. On est pauvre mais on a sa fierté.

— Merde, dit Boubou. Peut-être qu'elle l'aimait le type la pauvre môme. Sous un grand choc les gens peuvent faire une crise de démence et puis après un temps ça s'arrête. Quel âge elle avait?

Treize ans et demi. Moi j'en avais dans les onze à l'époque. Je n'étais pas à la maison quand on l'avait emmenée, ils m'avaient expédié chez la tante. Le vieux au retour, bouche cousue. Moi aussi. Pas osé. La sœur dingue. La tragédie familiale. Je regardais Boubou. La pauvre môme. Elle aimait peut-être le type. Il avait vu ça tout de suite lui. Merde : je n'y avais même pas pensé moi! J'avais marché dans leur histoire — sale petit con que j'étais. Je les avais crus! Sale petit con, comme eux. Boubou me regardait lui aussi, pensivement.

— C'est drôle, dit-il. Je suis en train de penser, quand je distribuais des tracts. Quand je prenais contact avec le peuple dit-il avec sa voix de cérémonie du Minus. Ce qu'il y avait écrit sur ces tracts, non c'est pas vrai. Prendre contact avec le peuple. C'est dingue. Et on est là tous les deux ce soir, ta sœur et mon frère chez les fous, on cause... et tout d'un coup il me vient, cette histoire de tracts, qu'est-ce que ce truc d'aller parler aux gens avec des tracts! Merde pour qui on se prend? mais pour qui on se prend nom de dieu! Il me tendit une sèche qu'il avait roulée, et me sourit.

Le Puma, dit-il, ils sont en train d'essayer d'en faire un humain. Moi quand je serai contre-psychiatre j'irai voir ça de près. Comme Puma il était plutôt heureux. Il sautait à des hauteurs prodigieuses, pas humaines. Extraordinaire. Il savait des choses. Malheureusement il mordait, ça faisait des histoires, dans la rue. Une des cent fois qu'il s'est barré on l'a retrouvé au zoo, il était entré dans une cage vide et il s'était mis là. Il a fallu le capturer. Allez je vais pieuter bonsoir, j'ai hosto demain matin.

Eh bien. J'étais là couché dans un pajeot considérable, en plumes je crois, et couvert de machins somptueux, ultra-légers toujours, décidément les riches n'aiment pas le poids sur eux, je me demande comment je ferai pour me renfourner sous la couette en molleton de mes ancêtres, et je me disais ya pas de mystère que je sois parti non, décidément y a pas de mystère et de moins en moins. Je ne le savais pas, mais en fait je ne lui avais pas pardonné. Je les avais crus, j'avais cru l'étiquette — folle. Comme un con — seulement, il n'aurait pas fallu, le vieux, qu'il se trompe une deuxième fois. La pauvre môme. Je me suis remis tout doucement à aimer ma petite sœur oubliée perdue.

On frappe; ça me pendait au nez. Normalement dit Fabrice tu n'as pas non plus de pyjama? Il en tenait un sur les bras, noir et probablement en soie comme tout le reste.

— Oh ça ne fait rien je dors sans, dis-je, imprudemment, je ne fais jamais attention avant de l'ouvrir.

— C'est évidemment beaucoup plus charmant

dit-il, mais viendras-tu demain prendre le petit déjeuner comme ça en famille, et, surtout, devant les domestiques? Moi je veux bien. Bon je te laisse dormir bonsoir, et il disparut discrètement. Je m'étais attendu à pire, de sa part. Je m'endormis comme un loir.

Si je peux dire. Car naturellement je rêvai d'animaux. Je suis comme ça : supposons que j'ai regretté de ne pas avoir un solex la veille, je rêve que j'entre chez le marchand et j'achète un solex, je monte dessus, je pars et je roule sur une belle route de campagne déserte. Je ne suis pas plus compliqué que ça. Au départ tout au moins. Il y a bien toujours un petit détail bizarre qui vient s'ajouter, par exemple le vélo fait un bruit d'avion à réaction, ou bien je me mets à manger des mouches qui m'arrivent dans la bouche en roulant; mais seulement à la fin, après que je me suis fait plaisir. Donc je me promenais au milieu des animaux et ils ne cherchaient pas à m'attaquer, et bientôt je vis qu'ils pleuraient, parce qu'ils allaient tous bientôt mourir; ils me suppliaient d'empêcher ça, et je ne savais pas du tout comment. Ils allaient mourir — ça se révèle toujours en avançant — parce que des bulldozers arrivaient dans la forêt pour faire de la place. C'était une forêt magnifique, avec des couleurs très fortes, et me voilà devant les bulldozers, en train d'essayer de les arrêter; mais c'était des bulldozers-robots et ils avançaient sans m'entendre et moi je restais devant planté, et j'avais des feuilles qui poussaient au bout des doigts. Le rêve s'arrêtait. Mes rêves s'arrêtent avant que la catastrophe arrive. Après, Fabrice arriva — naturellement aussi — et me tendit un pyjama, disant : mets-le immédiatement puisque je te l'ai apporté tu DOIS le mettre, c'est la moindre des politesses. Et moi j'étais tout nu dans le lit et dans un état matinal, où ne pas me montrer à aucun prix à Fabrice, je tenais mes couettes à deux mains; elles se transformaient en volant de la Triumph pour m'enfuir, je fonçais, et qui était devant moi sur la route, Thomas, faisant de grands gestes, et je ne trouvais plus le frein, ce qui n'était pas étonnant puisque je conduisais un bull-dozer-robot, et le rêve s'arrêtait sans que je sache si j'avais écrasé Thomas ou non puisque j'avais cessé de regarder la route pour essayer de retrouver les pédales, que j'avais perdues, j'ai aussi des rêves à jeux de mots. Un sale cauchemar celui-là. Plus tard, une fille à poil traversa la chambre, entra dans une autre porte et se baigna dans le torrent qui coulait là. Les oiseaux chantèrent, les oranges embaumèrent, d'une odeur si violente que je me réveillai, j'avais un verre plein de jus d'orange sous le nez, avec au bout le fameux Fabrice, on n'a rien sans rien, je me suis immédiatement senti tout nu et j'ai dégringolé du Paradis. J'ai tout de même attrapé le verre et j'ai bu mon jus comme un coq en pâte, sur la terre ça peut être pas mal non plus après tout. La Fugue Tragique du Mineur, suite. Je dis merci cette fois, je me mettais aux bonnes manières. Lui me demanda si j'avais bien dormi. Je dis que j'avais fait des rêves bizarres, je l'ouvre toujours un poil de trop, il demanda bien sûr quoi et je lui parlai de celui des animaux. Il dit : c'est étrange, c'est un des rêves de Sébastien. Sauf que lui était écrasé. C'est très étrange, tu dois être médium. Je lui suggérai que

135

c'était purement et simplement les photos, mais il tenait à ce que je sois médium, une petite chose sensitive, et pour rafraîchir le climat je dis que j'avais également rêvé qu'une fille toute nue traversait la chambre, très belle et très mon type.

— Alors qu'est-ce qui est arrivé?

— Elle est allée se baigner dans le torrent à côté, les oiseaux ont chanté et j'ai reconnu l'endroit, c'était le Paradis... A ce moment-là je fus alerté par un bruit curieux; l'eau venait de s'arrêter, elle coulait donc pour de bon. Fabrice aussi regarda vers cette porte, alla l'ouvrir et recula, poussé par une main brune suivie d'une fille qui de l'autre tenait autour d'elle une grande serviette violette, et en me voyant dit, sans s'étonner : Pourquoi tu ne l'as pas mis dans ton lit celui-là, il n'y a plus la place?

— Chut Zélie dit Fabrice tu vas le choquer, il n'est pas à moi. Ma sœur Zélie, me dit-il poliment. Christophe, lui dit-il.

— A qui il est alors? dit-elle en nouant vaguement la serviette sans s'en faire du tout pour la fente qui s'ouvrait sur le côté et sur des perspectives passionnantes et bronzées.

— A Benoît, dit ce salaud de Fabrice.

— Quoi, Benoît s'y est mis?

Fabrice eut un geste fatal, qui était une lâche calomnie à l'égard de son cadet.

— Il est vrai que c'est considéré plus révolutionnaire maintenant, dit Zélie, ça doit être ça. Benoît est si discipliné.

— Je ne suis à personne! dis-je, dressé et décidé à défendre l'honneur de Boubou.

136

La créature du Paradis vint m'examiner de plus près. Mais, c'est un enfant, dit-elle. Je tirai sur les draps pour cacher mes quatre poils, je n'ai que quatre poils et je n'aime pas y penser encore moins qu'on les voie, et je lui lançai un sale œil. Un enfant. Qu'elle vienne donc voir plus bas. Tel que je me réveille le matin. Après tout est-ce qu'on ne devrait pas fixer la majorité au moment où on peut présenter la preuve en question? Ce serait logique, et juste. Et sain. Une fille serait chargée de passer le test, une fille sexy bien sûr sinon y a pas de miracle, et avec déjà un peu d'expérience. Par exemple, cette Zélie-là irait. Je décrocherais mon permis de me conduire du premier coup. Qu'est-ce qu'ils s'imaginent? Si Fabrice n'était pas là tiens. Lui, il gênerait plutôt. D'ailleurs je crois que je me suis aggravé depuis que je me promène tout seul dans la vie, en plus de soûler la liberté fait bander.

— C'est un enfant trouvé, dit Fabrice. Boubou l'a découvert sur les marches du Panthéon. Tu connais son bon cœur, il l'a recueilli. Christophe. Ma sœur Héloïse. Elle a tendu la main, j'ai bien été obligé de sortir tout le bras pour la lui serrer, il faut être poli. Ça m'a fait plaisir de voir que j'avais une grande main, pas du tout d'enfant. Les mains devraient compter dans le test.

— En tout cas il est gai. Qu'est-ce qui vous amuse comme ça mon petit.

— Je ne sais pas. La vie. Je me raconte des histoires.

— Quoi, par exemple?

— Oh, je ne sais pas si ça peut se raconter à une dame...

— Il n'y a pas de dames ici, dit Zélie ayant regardé autour, vous pouvez y aller.

— Eh bien si vous y tenez (pas question de se dégonfler devant elle ou je n'étais pas un homme et je loupais mon test), j'ai trouvé un test pour décider si un type est majeur. Ou un enfant. Si vous voyez ce que je veux dire.

— Non, dit-elle, sans déboîter, je ne le vois pas. Pour un test il faut des faits.

La vache. Elle n'a pas froid aux yeux c'est le cas de le dire, elle me les pose dessus si fermement qu'ils risquent de traverser le drap. Et Fabrice celui-là qui sourit doucement attendant la suite et peut-être le spectacle, ben il va pas l'avoir il peut bien se branler. D'ailleurs, il y en a de moins en moins. La vache. Elle m'a eu. Je l'ai regardée furieusement et elle s'est marrée sans la moindre pudeur. Ah mais ça peut se représenter, attends seulement qu'il n'y ait pas ce satyre au milieu, non mais en voilà un sport, faire débander les gens dès le matin!

— Tu sembles n'avoir rien perdu de ta superbe, sinon pire, lui dit Fabrice, est-ce l'effet de ton nouvel état?... si j'ai bien compris que tu as changé de camp...

— Disons que j'ai quitté celui de l'ennemi, et rejoint le mien.

— Tu penses bien que je te comprends, dit Fabrice.

— Je pense bien que non, dit Zélie, ça n'a rien de commun.

— Et voilà la nouvelle espèce de femme que nous devrions affronter, me dit à moi Fabrice, n'y a-t-il pas de quoi faire hésiter?

— Du prosélytisme dès l'aube! c'était Boubou tout hérissé et gonflé de sommeil. Christophe tu fais salle comble on dirait?

— Ne vous battez pas frérots, dit Zélie. Fabrice n'a rien fait je suis témoin, ce charmant bambin était tout seul dans son lit très sage dit-elle en me désignant, j'étais en train d'essayer d'attraper le pantalon du pyjama pour pouvoir sortir de ce lit d'une manière décente, ma chambre était devenue un vrai carrefour. Nous te le rendons comme nous l'avons trouvé dit Zélie.

— On n'en sortira jamais, dit Boubou. Christophe c'est toi qui veut ça, tu es une provocation vivante.

— Oh je suis sûr que vous n'avez pas besoin de moi pour, pour...

— déconner, dit Zélie, ça il a raison.

— Madame demande, dit la bonne sur le seuil de la porte restée ouverte, si elle aura le plaisir d'avoir ses enfants à table pour le petit déjeuner ou si elle fait comme si vous n'étiez pas là comme d'habitude. Je répète comme elle m'a dit. Elle sait que vous êtes tous à la maison.

— Transmets, chère Annette, qu'elle aura même le plaisir d'en avoir plus.

— De quoi?

— Des enfants. Et rajoute un bol pour Christophe, dit-il en me présentant, justement en train d'essayer de rentrer dans le pantalon ça tombait bien. Bonjour Monsieur me dit Annette poliment, je dis bonjour Madame aussi correctement que le permettait ma position dont tout le monde avait l'air de se foutre d'ailleurs à part moi.

— Qu'est-ce qui lui arrive à Doudoune qu'elle se

préoccupe de notre présence sous son toit dit Fabrice, elle vieillit?

— Elle a un chagrin d'amour, dit Zélie. D'importation suisse. Enfin elle l'avait avant-hier je ne l'ai pas vue depuis.

— Elle l'a encore, dit Boubou, à son âge les fractures sont plus longues à remettre. Tu peux sortir du lit me dit-il, Zélie n'est pas sensible au mâle en ce moment, et Fabrice va se retourner.

— Tu n'es guère partageur pour un communiste, dit Zélie. Au fait Fabrice je ne t'ai même pas demandé pourquoi tu es rentré de Grèce en si grande hâte et en vêtement séculier.

— Ne me le demande pas, ce sera plus fraternel, dit Fabrice.

On me donna une robe de chambre plus ou moins afghane pour me présenter à table, où trônait la mère de ces trois dingues en déshabillé de mousseline lait à la fraise et ne ressemblant à aucun des petits qu'elle avait mis bas, chose qui arrive souvent, heureusement, moi non plus. Pour la conversation non plus d'ailleurs.

— Voici donc pour une fois toute la famille réunie.

— A peu de choses près, dit Fabrice, en effet si je calculais bien il manquait le père et le Puma.

— Et même plus, dit Boubou comme j'arrivais en queue de vache, et me montrant : mon frère Christophe.

— Bonjour, me dit-elle, quoi ton frère!

— Aurais-tu oublié aussi celui-là? s'écria Boubou. Elle eut une seconde de panique. Asseyez-vous me dit-elle et comme je venais juste de le faire je me suis relevé pour pouvoir recommencer

140

d'une façon correcte et j'ai failli casser ma tasse, une pièce de collection. Ce qu'il pouvait y avoir sur cette table j'en avais le vertige.

— C'est un enfant trouvé, dit Fabrice.

Elle faillit me regarder avec compassion mais vira sur l'aile : par toi sans doute?

— Eh bien non justement. Par Boubou. Elle se tourna vers son cadet, consternée : toi Benoît?

— Qu'est-ce qu'on peut faire, dit Héloïse, c'est dans le sang.

— Dans quel sang? demanda-t-elle, choquée. Ton père et moi sommes des gens normaux.

— Justement c'est ça le drame, dit Zélie, et je pensai que Thomas avait intérêt à la faire fissa sa thèse sur l'homme normal, qu'on sache une bonne fois ce que c'est.

— Ne les croyez pas chère maman, dit Boubou, ce sont des méchants. J'ai un complexe de Pollux simplement, et je songe à l'adopter.

— Tu devras attendre d'être majeur, dit la mère essayant de se mettre au diapason.

— Mais je le suis, mère, je le suis devenu, dit Boubou, voyez comme le temps passe... Elle eut comme une grimace.

— Du reste Christophe est l'inventeur d'un test pour déterminer la majorité réelle, dit Zélie. Passionnant. Expliquez-nous ça, me lança-t-elle comme une balle de tennis, la vache.

— C'est — par la trigonométrie, dis-je triomphalement. C'était le seul mot savant dont je disposais sur l'instant, je regardai Zélie comme un tigre. J'avais renvoyé. Bienheureux bouquin, il servait tout de même à quelque chose.

— Ah, dit la mère.

— Le calcul des longueurs à partir des angles, dit Fabrice. Zélie pouffa. Si l'explication de Fabrice n'était pas bidon j'étais tombé dans le mille encore plus que je pensais. J'étais vachement fier d'avoir su, moi aussi, enfin, faire de l'esprit, et de m'être tiré du piège de Zélie, qu'elle avait exprès jeté dans mes pattes pour voir jusqu'à quel point j'étais connard. Donc, pas tant que ça.

— Je ne suis pas au courant de ça, moi, dit Boubou. Suis-je majeur, d'après le test?

— Je ne sais pas encore, dis-je. On aurait pu le savoir hier soir si tu n'avais pas eu froid au, mal aux pieds. Je devenais brillant, je renvoyais tout, peut-être ça s'apprend, ce n'est qu'un coup à prendre, ou c'est contagieux; ou bien suffit-il d'avoir une tête de turc?

— Qu'est-ce que ses pieds viennent faire là? dit Fabrice, perdu à son tour.

— Ce n'est pas tant les pieds c'est une question de croissants, lui refila Boubou pour le mettre sur la voie.

— Je ne vois pas bien les croissants, dit Zélie, un peu vexée.

— Trigonométrie! lui lança Boubou. Tout est là.

— Moi je ne vois rien du tout, dit la mère, mais c'est toujours comme ça quand vous jacassez. Ça doit être ce qu'on appelle le fossé des générations.

Un œuf à la coque arriva devant moi, dans un coquetier en argent, avec une cuiller en miniature brodée. J'avais déjà mangé des confitures, qui étaient là, et, avant, du jambon fumé. L'œuf perdait un peu après le sucré mais je l'ai mangé tout de même, toujours au nom de ce principe que je pouvais la sauter dans le proche avenir et qu'il ne faut en attendant cracher sur rien. Merde, la collation de Bambi. Là-bas dans la chambre du Puma, enveloppée. En train de pourrir. Qu'est-ce que j'allais en faire? C'était dégueulasse de gâcher la marchandise comme ça. Il y avait sûrement des tas de pauvres gosses en fuite, et peut-être même pour de meilleures raisons que moi, on les battait chez eux ou dieu sait, leur mère voulait les violer ou leur père si c'était des filles, et qui n'avaient rien, et à qui j'aurais pu refiler mes restes. Mais allez donc savoir où ils sont. Il devrait y avoir un centre de liaison. D'ailleurs c'est une idée ça. C'était une idée.

— Alors Héloïse, tu es toujours décidée à divorcer, dit la mère, à la reprise, après les œufs.

— De plus en plus maman. Vous savez que Jean-Pierre a été nommé à cette commission atomique.

— Eh bien justement. C'est une belle promotion.

— Eh bien oui, justement.

— Quoi, justement?

— Je ne peux pas être mariée à un assassin maman. Ces gens-là tuent des millions de poissons. Et ils donnent des cancers. Et puis ils sont contagieux.

— Jean-Pierre se serait pourtant jeté sous un train pour toi.

— Il n'aura qu'à se jeter d'un avion, c'est plus in.

— Comment peux-tu être si cruelle! Mais alors qu'est-ce que tu vas faire?

— Comment qu'est-ce que je vais faire?

— Qu'est-ce que tu vas faire. Dans la vie.

— Eh bien maman mais, je vais la passer.

— Mais comment...

— Eh bien maman mais, un jour après l'autre. C'est le seul système je crois.

— Il y a des moments où je ne te comprends pas, Héloïse.

— Moi non plus dit Héloïse, je ne vous comprends pas maman, c'est pourtant simple.

— Moi non plus dit Fabrice vous ne me comprenez pas, maman.

— Oh toi!... dit la mère avec un geste comme quoi c'était pas la peine.

— Et moi non plus, dit Boubou.

— D'ailleurs ça n'a pas d'importance, dit Fabrice.

— Comment ça n'a pas d'importance! se récria la mère. Je trouve que ça en a beaucoup justement!

— Qu'est-ce qui n'a pas d'importance? dit Boubou, j'ai perdu le fil.

— Rien, dit Fabrice.

— N'en parlons plus, dit Zélie, et comment va votre santé ma chère maman? Vous savez que j'ai des tas d'ennuis avec cette annulation, il faut donner plein de détails intimes, c'est très gênant et puis ce sera très cher, je devrai sans doute bazarder les pétroles de Tante.

— Ne fais jamais ça sans en parler d'abord à ton père! tu sais comme il est avec ses parts! tu sais comme il tient à ce que nous ayons chacun une certaine quantité!... Tu te souviens de la Générale Chimique et de mon vison noir? Quelle histoire mon Dieu! Ne fais jamais ça!

— Mais je m'en fous du pétrole, dit Zélie, l'honneur passe avant.

— Quel honneur? dit Boubou, où ça? Je n'y suis plus du tout moi.

— Je ne sais pas, dit la mère, mais d'après ce que j'ai lu dans cette colonne à propos de cette femme qui a quitté un ministre pour se libérer, Héloïse ne m'a pas paru en faire grand cas.

— Qu'est-ce qu'il y avait dans cette colonne, dit Fabrice, je n'étais pas là, je veux savoir!

— Je ne voudrais pas le répéter, dit la mère.

— Mais si c'est paru dans la presse maman, ce n'est plus confidentiel.

— Ce devrait l'être. Au moins j'espère que ce sont des ragots sans fondement.

— Mais non maman, dit Zélie, c'est exact, il ne faut pas calomnier systématiquement les journalistes.

— Tu me vois atterrée, dit la mère.

— C'est parce que vous n'avez pas conscience de vos véritables intérêts de classe, maman, dit Zélie.

— Comment ça? Mais si, justement!

— De classe sexuelle, dit Zélie, je parle de votre classe sexuelle.

— Tu devrais avoir honte, est-ce qu'on parle de ces choses-là?

— Je vous parle de politique, dit Zélie.

— Zélie a rejoint son camp, dit Fabrice. Qui est aussi le vôtre, chère maman, vous devriez la féliciter. Et d'ailleurs moi aussi vous devriez me féliciter.

— C'est de l'amalgame ce que tu fais là, dit

145

Zélie, tu mélanges tout. Tu as toujours tout mélangé mon pauvre Fabrice.

— Toi, toi! Si je n'étais pas pourri par ma bonne éducation tu verrais ça!

— Voyons, tu sais bien que tu ne serais pas le plus fort, lui envoya Zélie.

— Il y a eu une salade de chromosomes dans cette famille, m'expliqua Boubou sans succès. X et Y, précisa-t-il inutilement.

— Mon dieu, dit la mère, mais qu'est-ce que j'ai fait au ciel!

— Des enfants, dit Boubou. Pas au ciel hélas, sur cette Terre. C'est une chose que les adultes devraient éviter, pour leur sécurité. Très dangereux.

— Du moins toi Benoît tu es encore normal, dit la mère, avec la moitié d'un point d'interrogation.

— Extrêmement, dit Boubou. Mais c'est parce que je suis communiste.

— Toi! dit-elle, retrouvant une énergie nouvelle. Ce n'est pas vrai, tu n'es pas entré au parti communiste?

— Bien sûr que non, puisque je suis communiste.

— Il dit ça pour vous faire peur chère maman, dit Héloïse.

— Un peu, je l'avoue. En réalité je suis plutôt anarchiste.

— Mais pourquoi? dit la mère, n'as-tu pas tout ce que tu veux?

— Oui. Sauf l'essentiel dit Boubou : la vraie vie est absente. Je ne sais pas si vous l'avez remarqué...

146

— Si ton père le savait il te couperait les vivres, dit-elle, avec une autorité restaurée, comme ça tu verrais ce que c'est que d'être communiste. Pour de bon.

— Non, il ne peut pas, il doit investir sur moi, c'est sa seule chance de rentrer dans ses frais. Puisque vous voulez parler affaires.

— Vous êtes tous fous, dit la mère, et apparemment découragée par sa propre couvée se tourna vers moi : Et que font vos parents?

— Euh — j'étais pris de court. Encore une chose à laquelle j'aurais dû penser d'avance si j'avais un peu de plomb dans la tête. Mais comment deviner que ça m'emmerderait à ce point-là de sortir en public : employés. On a son amour-propre. Employé, ça fait mesquin; pire qu'ouvrier, bien qu'eux, mes vieux, se croient grimpés sur l'échelle sociale — eh bien non : « Ouvrier » serait sorti tout seul, rien que pour emmerder le monde, et de haut encore. Mon père est ouvrier et je vous emmerde madame, c'est de sa sueur que vous tirez vos visons et le jour qu'il voudra il vous foutra en l'air comme en Russie — et puis après tout merde :

— Ils sont ouvriers, dis-je d'un ton menaçant. Mon père est ajusteur chez Renault.

— Ah mais c'est très bien ça, dit la mère enchantée, il paraît qu'ils gagnent très bien leur vie, ils ont tous leur voiture.

— Voyons maman, dit Zélie. Ils n'ont tout de même pas des visons.

— Le vison n'est pas indispensable, dit la dame. C'est une fantaisie.

— Ça dépend pour qui, dit Fabrice. Quand père

147

t'a dit à toi que ce n'était pas indispensable tu as vendu tes Générale Chimique.

— Mais puisque je les avais! Je ne vois pas pourquoi je me serais privée de vison!

— Voyez comme la vie est bien faite, dit Fabrice, les gens qui peuvent les payer ont justement envie de visons, n'est-ce pas merveilleux?

— Oh merde j'en ai marre, dit Boubou.

— Moi aussi, dit Zélie. Je fatigue.

— Qu'est-ce qui vous arrive, dit Fabrice, auriez-vous perdu le sens de l'humour pendant mon absence?

— De l'humour du 16e, dit Zélie. Ne généralise pas.

— Il s'est passé des choses, pendant ton absence, dit Boubou. Finalement il a raison dit-il, à moi, en souriant : le paradoxe en politique, c'est de la mondanité...

Thomas se dressa au milieu de la table tout armé, cloua le bec à tout le monde et je me sentis réchauffé. Depuis un moment pendant que les mots volaient par-dessus l'argenterie comme des cubes de glace, je poussais comme un cafard je ne sais pas pourquoi. Thomas. Quand je lui raconterai ça prendra du sens tout d'un coup, avec lui tout prend du sens. Je ne sais pas pourquoi.

— Ils sont terribles, me disait la dame, ils ne peuvent jamais parler sérieusement. Il ne faut pas faire attention.

— C'est pas grave madame, dis-je poliment. On a la peau plus dure que ça, ajouta le fils de l'ajusteur pour faire bonne mesure.

— Et vos études, comment cela se passe-t-il?

— Euh...

148

— Mal, intervint Boubou-Terre-Neuve. Justement. Ses parents ont beaucoup de soucis, le climat n'est pas fameux à la maison, l'appartement est trop petit, il vient d'avoir un petit frère et il n'arrive pas à préparer ses examens, dit-il à la file et alors il était très déprimé et je lui ai dit de venir un peu ici pour être tranquille voilà.

— Je comprends, dit la mère, qui avait bien de la veine avec cet appartement qui vient d'avoir un petit frère déprimé.

— Tu es plus heureux que nous Christophe, dit Fabrice. Notre mère te comprend.

— Ce n'est pas difficile, dit-elle. C'est terrible pour un enfant d'avoir des parents qui ne s'entendent pas.

— Oui, il vaut mieux des parents qui ne se voient pas, dit Zélie. Je ris.

— Il est déjà un peu plus gai, dit Boubou, en me caressant paternellement les cheveux. Sa mère lui jeta un regard soupçonneux.

— Et père, comment va-t-il, coupa Fabrice pour changer de rails.

— Oh, toujours son foie.

— Il se surmène. A son âge il devrait s'arrêter.

— Un homme actif comme lui ne peut plus s'arrêter, une fois parti, dit la mère.

— Le P.D.G., voilà le mouvement perpétuel, dit Boubou.

— C'est vrai, dit Zélie. Souvenez-vous quand il a été obligé de s'arrêter, à la Santé. Tout le temps à l'infirmerie.

— Zélie, tu ne devrais pas.

— Père a toujours dit que ce n'était pas une honte au contraire, dit Fabrice.

— Ce n'est pas une raison pour le rappeler à tout bout de champ comme vous faites (elle voulait dire : devant n'importe qui).

— Mais ça lui sert à quoi ce qu'il peut ramasser maintenant? dit Zélie. Il ne peut même plus s'envoyer en l'air. Quel gâchis.

— Et aucun de nous ne va continuer son œuvre, dit Fabrice.

— Heureusement, dit Boubou.

— Oui, c'est à la mode chez les jeunes d'aujourd'hui de cracher dans la soupe, dit la mère amère.

— Oui, dit joyeusement Boubou, voilà : le capitalisme va s'éteindre faute de successeurs, n'est-ce pas la meilleure solution? Je me demande pourquoi on n'y a pas pensé plus tôt tiens... C'était une joie de passer un moment avec vous chère maman mais les blessés de la route m'attendent.

J'en étais encore à m'essuyer le museau qu'ils s'étaient tous envolés dès la dernière bouchée, comme quoi les riches sont beaucoup moins polis que nous contrairement à ce qu'on raconte, et la dame me coinça, elle devait redouter la solitude, et m'entreprit sur mes supposés nombreux frères et sœurs, s'étonna que nous ne soyons que deux enfants dans un ménage ouvrier, et naturellement j'oubliai le petit dernier que Boubou venait de me faire et c'est elle qui me le rappela, puis elle me demanda ce que je voulais faire dans la vie. C'est malheureux que c'est toujours les parents des autres qui vous posent cette question, comme si la liberté était toujours pour les voisins, les propres vôtres disent dépêche-toi de trouver du travail et que ce soit de la merde ils sont contents dès qu'on est bouclé avec des fins de mois. S'il y avait des salaires au bagne et pas de honte pour la famille ils vous y enverraient en disant que le travail c'est la liberté. Je lui dis que je voulais être ingénieur en fusées. En vérité dis-je je voulais être cosmonaute mais mes parents étaient contre parce que ce n'est pas pour l'immédiat. Je les comprends un peu dit-elle. Alors en attendant je serais ingénieur en fusées. Ils ont de la chance d'avoir un fils qui a une vocation, tandis que les siens seulement de jeter au vent l'argent que leur père se tuait à ramasser. Eh bien vous voyez comme c'est mal fait dis-je, les miens trouvent que j'en ai trop de vocation car ils n'ont pas les moyens de payer des études pareilles. Oui, dit-elle, c'est malheureux, la vie est mal faite, sans pour autant se ruer sur son carnet de chèques pour tenter de la corriger, et j'ajoutai : Bah, au fond ça n'a pas d'importance puisque de toutes façons y en a plus pour longtemps, tout ça va être balayé, c'est pas la peine de se casser la tête y a qu'à attendre.

— Christophe! Mais qu'est-ce que tu fabriques, et ton cours! me sauva Boubou revenant fin prêt.

— Il est bien élevé c'est tout, dit la mère, il ne quitte pas la table comme un moulin.

— Que c'est poétique, dit Boubou. Mais il va être en retard à son cours par ta faute.

— Quel cours? me dit la mère s'intéressant au détail de mes travaux.

— Trigonométrie, dis-je. C'est un truc qui fonctionnait bien. Un si petit bouquin, et que de services il m'avait déjà rendus. La dame dit, poliment, que je pouvais revenir si ça n'allait vraiment pas bien chez moi. Je crois qu'en langage diplomatique ça voulait plutôt dire qu'elle n'y tenait pas tellement, mais, dit Boubou, sa permission je l'ai au cul de toutes façons le rapport de forces est pas en sa faveur t'es mon invité personnel. Je l'ai surpris en train de séduire Doudoune, proclama-t-il menteusement aux autres.

— C'est pas difficile, dit Zélie, elle roule à vide en ce moment. Un bouchon de carafe pourrait la séduire.

— Tu laisses pas grand mérite à Bambino, dit Boubou.

— Il paraît qu'il y a du manque chez les bourgeois, dit le fils de l'ajusteur, avec une insolence destinée plutôt à cette peau de vache de Zélie qu'à sa mère.

— C'est un fait, dit la peau de vache, que la population mâle de notre caste est exclusivement composée de cons et de pédés. L'un n'empêchant d'ailleurs pas l'autre, ajouta-t-éle à temps pour faire une entrée à Fabrice : tout pimpant, entièrement vêtu d'antilope caramel.

— Boubou n'est pas con, dis-je.

— Oui, mais c'est parce que je suis communiste, c'est une catégorie que Zélie n'a pas comptée.

— C'est exprès, dit-elle. Communiste ça suffit pas pour rendre intelligent, t'es quand même un sale blanc bourgeois mâle que tu le veuilles ou non.

— Raciste!

— Oppresseur!

— J'ai téléphoné à Maximilien, plaça Fabrice pendant qu'ils se rentraient dedans, il t'attend. Et tu n'as pas encore pris ton bain!

— Bon dieu ma réunion.

— Mon hosto!

Ils s'envolèrent, me laissant avec le séducteur.

Je pris les bouquins. J'y tenais. Fabrice les regarda de travers. Je vais te donner un porte-documents, dit-il, ça fait moche. Mais je ne voulus pas. J'y tenais à mon petit système de courroie, c'était mon invention personnelle et j'y tenais, et à ce qu'on voit les titres, Algèbre Trigonométrie d'un côté, Logique de l'autre. Il fallait que ça soit comme ça et pas autrement. Comme ça, et pas autrement, ça collait avec une réalité, que d'ailleurs j'ignorais, et qu'il ne fallait pas brusquer sinon elle se grippe, on ne sent plus les choses et on patauge... bref, courroie.

Devant le coiffeur, je canai. Je veux garder mes cheveux. C'est la mauvaise longueur, dit Fabrice. Ça n'a pas de forme. On ne t'enlèvera rien, pas un centimètre sur la longueur c'est promis. Je te jure qu'après ça les flics ne te jetteront pas un regard. Sur cet argument-là il m'a eu. Et c'était vrai. En dix minutes c'était expédié. J'ai refusé qu'on les lave, et le rasage (!), la lotion, le massage, la poudre (non mais!) — Fabrice comprit qu'on ne pourrait pas me tenir là-dedans, non quel bazar! Et moi je compris que ce qu'il voulait c'était se montrer dans un lieu public, avec « quelqu'un », pour se sauver la réputation qui devait avoir pris un coup connu dans les parages, car tout le monde vint défiler dans mon coin dans ces malheureuses dix minutes, comme à la sacristie. Bon si ça l'arrangeait. Après l'opération moi j'étais exactement le même, sauf qu'au propre au lieu du brouillon. Mon jumeau de dimanche. Mes vieux eux-mêmes face à face auraient pris une minute pour me remettre. Trois poils il m'avait enlevé. Un expert.

J'étais à présent en mesure d'écrire le Guide du Parfait Fugueur. Vous ne voulez pas qu'on vous reconnaisse? Changez de classe sociale. Pour ça prenez un conseiller technique vous n'y arriverez pas tout seul, les classes sociales ignorent tout l'une de l'autre au fond : les différences sont faites de nuances (trois poils), la moindre erreur peut vous trahir.

— Il y a encore ces sacrées chaussures, dit Fabrice justement (qu'est-ce que je disais? Moi je n'y voyais que du feu). Elles ne vont pas. Pas du tout. On va en acheter.

— Ecoutez, je n'ai pas besoin de chaussures. Les miennes sont bonnes, et je suis bien dedans.

J'en avais ma claque de l'Opération-Minet. A partir de combien doit-on quelque chose? Je ne connais pas les barèmes. Et puis je m'énervais. Toute cette science, me déviait. C'est beau la technique mais le pif j'y crois encore plus. Or la technique fait perdre le pif. (Découverte. Il faudra faire la liste de mes découvertes, et les apprendre par cœur.)

— Tu n'as peut-être pas besoin de chaussures mais mon costume lui en a besoin. Oxford ne peut pas se promener sur des talons Richelieu, c'est une offense au goût. Les flics eux-mêmes ne s'y tromperaient pas, ajouta-t-il, dans l'espoir que la manœuvre allait remarcher. Mais tout de même : les flics non plus ne sont pas du gratin.

— Pas de chaussures. Je ne veux pas. Et il faut que je cavale au quartier, j'ai des rendez-vous.

Je venais de penser aux chaussettes. Déballer ces chaussettes-là au grand air était hors de question (mon amour-propre). La crasse me sauvait de la prostitution : comme quoi la morale c'est pas tout d'une pièce, dirait Thomas. Thomas.

— Vous n'avez qu'à me jeter dans un métro en passant, dis-je (orgueilleusement).

Merde. Tout le fric était dans l'autre veste. A la Muette. Fabrice dit : Pourquoi le métro quand je suis là? Je peux servir de chauffeur. Je n'avais pas le choix. Mais Thomas n'était pas à Sainte-Geneviève — où je prétendis chercher Boubou et Miguel pour les présenter à Vampire —, Serge n'était pas au Dupont. Les copains tous paumés, j'étais tout seul, et quand Fabrice (mon chauffeur) me dit : « Puisque tu n'as pas trouvé mieux que moi je t'emmène déjeuner » j'avais, je vous le donne en mille, faim.

Au menu : un, saumon fumé (mon premier); deux, des coquilles Saint-Jacques toutes nues dans de la crème; trois, une côtelette de bœuf entière à se partager à deux, on en a laissé une livre. Je me suis demandé où ça va : n'importe où, à n'importe qui, aux chiens, mais bordel qu'ils la jettent pas! quatre (oui oui), une glace à la noisette couverte de crème au chocolat avec encore de la crème Chantilly par-dessus. Café. Pousse-café. Pendant ce temps-là le paquet de Bambi pourrissait dans le 16e. Tout en m'empiffrant je pensais toujours aux mauvais jours qui allaient venir, et j'espérais que l'histoire des réserves était vraie, et que j'étais en train d'en faire. Et, à mesure que ma faim se calmait (déjà aux coquilles elle avait pâli), je me ré-énervais. Je n'étais pas heureux avec Fabrice. Non. Je n'étais pas dans ma peau. Même rempli de crème et tout. Et ce n'est pas tellement parce qu'il

155

était comme ça et que son espèce de, de tension aurait pesé sur moi, il était même discret, il avait sûrement compris, pas une conversation terrible mais ce n'est même pas ça, c'est qu'il était là, et moi donc j'étais avec lui et pendant ce temps-là pas ailleurs, ailleurs où j'aurais voulu être, bien qu'il n'était pas encore l'heure et j'aurais voulu qu'il la soit. Au Minus.

Il m'y ramena. Soi-disant c'était toujours pour retrouver Boubou. Je n'avais pas parlé de Thomas une seule fois : ça ne le regardait pas. Il m'y ramena, dans la Mercédes blanche, qu'il conduisait en douceur et avec une élégance sublime. Mais j'aimais mieux la Triumph.

Dans la Triumph, hier soir, j'avais été heureux. Je voulais retrouver ce bonheur-là.

— Que tu es rétif, dit Fabrice, en menant comme un beau cheval la grande voiture à travers le mic-mac des quais, il y avait de la place large pour trois devant et j'étais arrimé dans l'autre coin. Il ne faut pas avoir peur de moi je ne te veux rien. Je ne suis pas très heureux en ce moment et ça me fait plaisir de te promener c'est tout. Je joue un peu à Pygmalion. Je me distrais. Ça n'a rien à voir avec ce que je suis, on ne fourre pas le sexe partout tu sais, pas plus que vous autres les gens « normaux » (ton un peu amer, et las). Je ne te veux rien. Et je sais que tu en aimes un autre.

• Arrachage des masques • La vérité sort du puits à grands coups de pompe dans le cul • Transgression • Toute honte bue • La frontière est imaginaire • Comment l'esprit vient aux garçons •

Il se gara bravement sur le trottoir juste devant, il se foutait des contredanses lui, pas comme mon vieux qui tombe dans des angoisses dès qu'il entre en ville. Comme j'allais « retrouver Boubou » toujours, son frère en somme, il n'y avait pas de raison que Fabrice n'entre pas. C'est comme ça que j'apparus au Minus Bar avec ma remorque en antilope caramel. Thomas était assis face à la porte, il me vit arriver. Je piquai droit sur lui, je ressuscitais, la matinée avait été interminable et j'avais un monceau de choses à lui dire.

— Enfin je vois mon frère en train de faire ses études! s'écria Fabrice. Et Thomas :

— Mais qui est-ce? demanda-t-il à Boubou, de moi, sans lâcher ses cartes.

Les autres, intéressés par la situation dont je

157

n'aperçus qu'à ce moment-là, je ne suis pas vif, la richesse en occasions de déconner, avaient posé leurs brèmes et émettaient des sifflements de serpents.

— On l'a déguisé, dit Boubou. Mon frère Fabrice, le présenta-t-il.

— Tu veux dire, travesti? dit Thomas, sans saluer l'introduit.

— C'est vrai qu'il a encore fait des progrès depuis que j'ai quitté la maison ce matin, dit Boubou, pensif, en m'examinant.

— C'est Maximilien, dit Fabrice tout fier. Un véritable expert! Je pense qu'il est maintenant tout à fait méconnaissable.

— En effet, complètement, dit Thomas, et se plongea dans ses cartes. Fabrice le regarda, et ne dit rien. Chip, dit Thomas.

— C'est vrai qu'il marche très vite ce petit! appuya sur la pédale ce con de Trois sur le ton habituel.

— Toi tu es là pour jouer au poker et c'est marre! dit Boubou, avec une brutalité surprenante de sa part. Et à nous, d'une voix normale : asseyez-vous, qu'est-ce que vous prenez?

— Je ne reste pas, dit Fabrice, en secouant les clés de la bagnole, et avec l'accueil qu'il avait reçu je pouvais le comprendre. Je suis seulement venu vous amener Christophe, dit-il, avec une inflexion délicate sur le « vous ». Il me tendit la main. A ce soir?

— Oui, dis-je bêtement, et encore plus bêtement : merci... Je ne savais pas du tout comment me conduire avec lui, après tout il était gentil ce pauvre mec, et ce n'était pas sa faute s'il était comme ça, avec moi il avait été parfait, et on l'avait reçu d'une façon dégueulasse, je pouvais bien lui dire merci, merde, ça ne me ruinerait pas la gorge. J'ajoutai : au revoir Fabrice.

— Chip, dit Thomas (il ne savait dire que ça?).

— Ciao, fit Fabrice à tout le monde, et partit. De toutes façons j'étais bien forcé d'y aller ce soir, j'avais toutes mes affaires là-bas. Et c'était une très bonne planque. Et j'étais invité officiellement. Et Boubou était épatant, en fin de compte je me demande si ce n'est pas lui que je préférais de tout le tas.

— Tu prends une chaise? me dit-il, j'étais encore planté comme une souche, tu bois quoi?

Je ne sais pas si je serais même resté s'il ne l'avait pas dit. Je me demandais tout d'un coup ce que je foutais là. Je commandai un café serré et je n'y mis pas de sucre. J'avais tellement bouffé que j'avais la tête en friche, je n'arrivais même pas à penser. Au fond c'est con de bouffer tant que ça. Et je ne dis même pas : pendant que les petits Indiens crèvent de faim, car ça c'est encore un autre problème (comment leur porter), mais c'est con en soi. C'est malheureux qu'on n'arrive à cette conclusion qu'après avoir engouffré la pâtée. Quand il est trop tard. Personne déconnait, ils avaient tous l'air sinistre.

— Quatre cartes, dit Thomas.

— Tu n'es pas en veine, dit Miguel, c'est bizarre. Dix.

— Je passe, dit Boubou.

— Dix de mieux, dit Trois.

— Je passe, dit Thomas.

Je me suis levé et je suis allé aux chiottes. J'ai

fourré mes doigts dans ma gorge et j'ai dégurgité tout ce sacré gueuleton. Je ne pouvais plus. Comme ça on voyait que c'était con de bouffer à ce point-là. Et puis merde. Et puis remerde. Jusqu'à ce qu'il n'y en ait plus. Dégueulasse. Et ce sacré mouchoir, ce sacré mouchoir, il était à Passy bon Dieu! Ce fut le coup fatal, c'était trop. Je chialais. Je fis couler l'eau à pleines vannes du robinet, je m'en aspergeais la figure y compris le sacré cachemire gris perle, et je chialais en plus. Que d'eau. Il y avait des siècles que je n'avais pas chialé. Un an. La petite silhouette oubliée de Corinne, emmenée à l'asile entre l'assistante et le vieux remonta dans mes yeux, nette comme un film; et toi qui me méprisais Nicolas, je n'avais plus de copains et rien à foutre de ma vie; toutes mes peines se mélangeaient, je sombrais dans le désespoir complet et jusqu'en bas de la montagne et en même temps dans une espèce de fureur j'aurais été incapable de dire pourquoi, ce que je disais par contre dans moi-même d'une voix bien claire pour ne pas dire assourdissante et sans pouvoir arrêter le disque c'était : J'aime Thomas. J'aime Thomas. J'aime Thomas. Et cetera. Comme un môme de dix ans. Avec derrière en sourdine une toute petite voix encore plus gémissante que j'essayais vainement de ne pas entendre : « Et il ne m'aime plus ». Comme un môme de six. Et je chialais. Je tombais en enfance. Je retournais bébé. Ah c'était joli, c'était beau.

Ça finit par se calmer, avec le temps. Je n'avais plus ni gueuleton ni larmes probablement. Le pauvre torchon collectif avait rendu l'âme. Moi à peu près. Il y avait des heures que j'étais là-dedans, deux mecs avaient déjà passé la tête, et dit : oh pardon. Il fallait laisser la place (aussi propre que vous l'avez trouvée en entrant). Je me mirai un dernier coup : plus trace de tout le beau travail du matin, Maximilien se serait passé les ciseaux au travers de la gorge. Et j'étais pâle comme un spectre, verdâtre. Et puis les yeux. C'est pas reluisant d'avoir chialé pour un homme, et ça m'embêtait de me repointer comme ça. En même temps je m'en foutais. C'était dépassé. Dans le fond je m'en foutais, ça m'était égal. Bon, si j'aimais Thomas. Je n'y pouvais rien en tout cas. C'était tellement énorme que ça en devenait acceptable. Pourquoi lutter contre la fatalité. Même Fabrice qui s'était aperçu, et il avait tout de suite vu qui. Alors j'aimais Thomas quoi.

Comme délivré, du gueuleton ou d'autre chose, je revins me mettre sur ma chaise, sans me demander ce que je foutais là, j'y étais et c'est tout. Il leva le nez une seconde, me regarda, pas déchiffrable. Moins mauvais? Je n'oserais pas dire inquiet, bien que j'étais resté assez longtemps pour. Œil en coulisse de Boubou et retour immédiat aux brèmes; discret. Je blinde, dit-il. Les autres me reluquaient carrément surpris mais pipèrent pas dieu soit loué. Ils avaient peut-être fini par être dépassés eux aussi.

— Je peux prendre un autre café Boubou? J'ai pas un rond sur moi, ils sont restés dans l'autre veste. Chez toi.

Le regard suivant de M. Ginsberg n'était pas beaucoup plus clair. Je ne lui avais pas demandé à lui le café, mais à Boubou. Moi, ça devait être le chien battu. Non, en fait non : le chien à moitié noyé qui a tout de même réussi à ressortir et se ramène à la maison, sans même essayer de se cacher, il se pose là et attend. J'étais comme j'étais voilà.

— Après ce tour j'arrête, dit-il.

— Je te comprends, dit Miguel.

— Non, pas du tout, dit Thomas.

— Vous êtes pas marrants, dit Trois. Il avait toutes les plaques.

— Et toi t'es con, dit Boubou. D'ailleurs j'en ai marre de jouer au poker. C'est bon seulement quand c'est entre amis. Il avait sa crise lui aussi. Tu veux rien d'autre Christophe, avant que je paye? Un cognac?

— Oh non! Surtout pas! Rien que l'idée me relevait le cœur. Un verre d'eau s'il te plaît.

— On ne te l'a vraiment pas rendu en bon état, dit Trois à Thomas, et aussi sec il avait ma main dans la gueule. Je sais pas pourquoi. J'en avais gros sur la patate j'en avais marre de leurs conneries depuis le début et je me vengeais de Jeff voilà.

Boubou et Miguel l'arrimèrent, Thomas me barra d'un bras ferme d'ailleurs j'avais fini, et lui dit :

— Te plains surtout pas, s'il avait pas été si vif tu avais la mienne et c'était l'hôpital, là-dessus il me fila par-dessus l'épaule un regard, cette fois pour ainsi dire un peu plus rigolard, je veux dire moins sinistre. Tout le Minus était debout et Paco parmi nous.

— Evidemment si tu te mets à nous traîner des voyous ici, dit Trois.

Thomas me barra encore plus fermement.

— Karaté, judo, aïki-do? Ce sera quoi pour monsieur, lui dit-il, et à moi : à ta place je ne pren-

162

drais pas ça comme une injure. Je me détendis dans le grand bras de Thomas qui me passait devant et me tenait pratiquement contre lui. Je n'aurais pas pu bouger même si j'avais voulu. Karaté, judo et l'autre truc. Et c'était vrai, j'étais un voyou, moi.

— T'inquiète pas Paco dit Boubou, c'est fini. On est quatre contre un il ne peut pas y avoir bagarre, combien on te doit?

En effet, Trois moufta plus. Ils lui changèrent ses plaques dans le plus grand silence et il fila. Thomas me lâcha. Le bar se rassit. Terminé.

— Tu vois, en plus c'est un cryptoréac, dit Miguel.

— C'est toujours comme ça, dit Boubou. On sortit. Je marchais à côté de Thomas, comme d'habitude. Je ne savais pas comment parler et quoi. On marchait sans rien dire, dans un silence tendu, et les autres derrière ne déconnaient pas.

— Bon, dit Boubou au coin du boulevard. Nous on va à Ulm, ils repassent Le Chemin de la vie qu'on n'a pas vu et toi quinze fois je suppose, si vous ne venez pas j'attendrai Christophe au Platon après, pour le rentrer.

Ils montèrent, et nous on descendit.

— Tu retournes coucher là-bas? Le ton était doucereux et sarcastique.

— De toutes façons toutes mes affaires y sont. Y compris tes papiers. Je constatai que j'étais en train de lui donner des explications, pourquoi pas des excuses, et j'ajoutai : J'y étais très bien. J'ai très bien dormi. J'ai même rêvé épatamment.

On était sur le quai, à peu près tout seuls. Il me prit le bras et serra, karaté, judo et le reste.

— Ecoute, tu peux te faire enculer par toute la rive droite si tu y trouves du plaisir (il la désigna de l'autre bras elle était en face). Mais que tu me reviennes sous la forme d'une petite putain ça je ne veux pas.

— Curé! Je l'avais regardé en face et c'était parti. Il en resta baba. Et si je veux être une petite putain moi si c'est ça qui me botte et qui me convient qu'est-ce qu'il y a contre? Qu'est-ce que tu as à dire? Des conseils de morale toi? Je croyais que tu crachais sur la morale? Si ce qui me plaisait c'est de me faire balader en Mercédès et payer des pompes et m'en foutre plein la gueule du saumon fumé et — mais là il valait mieux que je m'arrête, pour ma santé. Et je ne sais pas pourquoi je lui disais ça ce n'était pas ce que je voulais dire, c'était à côté.

— Tu as raison, dit-il. Ça ne me regarde pas. Je ne sais pas pourquoi je t'ai dit ça. En effet tu fais ce qui te plaît. Excuse-moi. Il voulut lâcher mon bras mais je le retenais, je ne voulais pas avant d'avoir fini, c'était lui qui avait commencé avec les violences. Je dis :

— Mais ça ne me plaît pas. C'est ce que je voulais te dire. C'est juste que je n'aime pas ça et ça m'emmerde.

— Bon. Ça te regarde. Excuse-moi de m'en être mêlé. Lâche mon bras nom de dieu! dit-il en l'arrachant et il est beaucoup plus fort que moi. Et il s'éloigna à grands pas.

Je fus tellement surpris que je restai d'abord sur place. Thomas! Il se retourna et s'arrêta. Je fis les premiers pas, et il revint lui aussi. Il n'avait pas l'air fâché mais malheureux. Je dis : « Je te permets de t'en mêler... et même je t'en prie ».

Je repris son bras d'autorité. J'étais dans un état à tout me permettre, je ne savais même pas où j'étais, d'abord il m'avait rendu furieux à mort et il s'était trompé et je détestais qu'il se trompe je ne lui permettais pas, et puis je crois que j'étais ivre. Dégueuler peut faire ça, c'est un bon truc, on passe le malaise et on garde l'ivresse. Taper m'avait fait du bien aussi. J'étais comme délivré, comme libre. Mais lui Thomas n'allait pas; son bras était complètement mou et je crois qu'il tremblait, et je l'entendais respirer comme on cherche son souffle. « Je veux que tu t'en mêles. Ça te regarde. Mais pas comme ça. Pas à côté. Je ne veux pas que tu te trompes, pas toi. Toi tu n'as pas le droit. Tu as toujours dit ce qui est vrai. Ça c'était pas vrai. Je ne veux pas ». Je l'ai regardé en face. « Thomas tu peux me dire tout ce que tu veux. Mais vrai ». Il redressa la tête. Son bras se raffermit, il respira un grand coup. Un bel effort.

— Allons-y, dit-il. Jamais avoir peur de la vérité. Ce n'était pas de la morale. Je t'ai fait une scène de jalousie.

Là il y eut un temps de pause.

— Prends-le comme tu veux je m'en fous, dit-il. Je m'en fous complètement. Tu peux me laisser si ça te dégoûte. Je suis un sale con. Tu peux lâcher mon bras. Je ne lâchai rien du tout.

— Bon, dis-je. A moi. Dans le bistrot je suis allé dégueuler (ce n'était pas très romantique comme déclaration mais qu'est-ce qu'on y peut). Je voulais me débarrasser de toute cette bouffe, et du reste. Je ne pouvais pas supporter que tu ne m'aimes plus. (La fin a été dure à passer mais c'est fait. Je devais, je ne pouvais pas être moins courageux que lui : pas avoir peur de la vérité. Il avait ouvert la route, je n'avais plus qu'à marcher dessus). Ça c'est premièrement.

Pause, bis. On parlait plutôt par pièces détachées.

— Eh bien, c'est comme ça, dit-il.

Pause, ter. Maintenant je n'indiquerai plus, vous n'avez qu'à mettre les blancs où il faut.

Il ajouta : Et on est très bien. Je suis content que ce soit clair.

Quelque chose m'arrivait. C'était hier, en beaucoup plus fort. A peine supportable. Est-ce que j'allais pleurer ? Oui. C'était la journée, je faisais eau. Ah tant pis. Après tout j'étais aussi un gosse. En même temps. C'est drôle, en même temps un gosse et un homme : planté sur la frontière, en équilibre. Quel moment. Plutôt merveilleux. J'étais si bien, si soulagé, j'avais eu si peur. Ça coulait sur mes joues, et je ne pouvais pas tenter le moindre mouvement d'essuyage, qui se serait vu. Mais c'était déjà. Il avait l'œil.

— Oh mon Dieu, Christophe, dit-il.

— Excuse-moi. Nrrfff (reniflage).

— Oh non, dit-il. C'est bon.

— Le mouchoir, dis-je, le mouchoir que j'ai piqué à la Samar, il est à Passy, chez Boubou !

166

Jamais de ma vie j'avais eu autant besoin de mouchoirs. Il en tira un : « Oh pardon j'aurais dû y penser. C'est que, je n'ai pas l'habitude... » (L'habitude de quoi, des mômes, ou des garçons?) Il le tendit d'abord, puis regarda autour, c'était le quai il ne passait pas grand monde; alors il m'essuya les yeux. J'espérais avoir l'air plutôt d'un enfant, que ça paraisse un peu normal... Et puis quoi j'espérais, comment un homme qui console un autre ça peut-il ne pas être normal? Où on vivrait?

— J'ai l'air de ton père, dit-il de son côté... Bon, de ton grand frère... Bon, je ne sais pas de quoi j'ai l'air et je m'en fous. Souffle!

Là vraiment le fou rire nous a pris. C'était tout de même hautement drôle. On était là pliés en deux sur le quai de la Tournelle je m'en souviendrai, moi reniflant et lui le mouchoir à la main n'arrivant pas à viser mon nez. Ça nous a fait du bien ça nous a détendus il était temps.

Et pourquoi ça il était temps? Hein? Pas avoir peur... alors? Il fallait continuer, maintenant qu'on était partis.

— Deuxièmement, dans les chiottes du Minus, et même en dégueulant si tu veux savoir, je me suis entendu me dire à moi-même : J'aime Thomas. Et même j'ai répondu : Bon, alors j'aime Thomas.

— Est-ce qu'il y a un troisièmement? dit-il d'une voix qui tremblait un peu.

— Plusieurs je crois... Je n'ai rien fait avec Fabrice...

— Je m'en fous! cria-t-il (trop violemment), je le sais, la question n'est pas là il ne s'agissait pas de ça! J'ai dit ça pour, parce que je déraillais sur le moment je ne savais pas ce qui m'arrivait. Si tu veux je te fais des excuses!

— Je ne veux pas je m'en fous. Je veux la vérité.

— J'étais jaloux, parce qu'il est riche, il pouvait te changer. Je ne veux pas qu'on te change! j'aime ce que tu es tu comprends? C'est ce que tu es que j'aime, voilà la vérité. Ah merde on ne peut même pas SE PARLER dans la rue tu les as vus? Simplement se parler. Ils essayent d'écouter.

— Je voulais seulement dire : je me suis ennuyé avec Fabrice. Je voulais être ailleurs. Je t'ai cherché le matin, tout ce que je voulais c'est être avec toi.

— Merde on ne peut même pas se regarder dans la rue tu as vu ceux-là? Ils se retournent sur nous. Parce qu'on se regarde, pour de bon... Ça ne leur arrive donc jamais?

Ils s'amenaient, ils voyaient bien qu'il se passait un truc entre ces deux-là, et au lieu de se détourner avec discrétion comme des gens corrects auraient fait ils essayaient de reluquer de plus près. Tout à l'heure le quai m'avait paru désert, maintenant il était surpeuplé. Il n'y avait pourtant pas plus de monde. Mais c'était pas le même. Parce que nous on n'était pas les mêmes, on s'était mis à vivre au milieu de la rue autant dire qu'on avait changé de planète, on était des Martiens et des objets de curiosité c'est presque à dire des criminels. On essaya d'obliquer vers des coins plus tranquilles mais ça donnait l'impression de se cacher, et ça nous gênait. Pourquoi se cacher?

— Ils arriveraient à nous faire sentir coupables, dit Thomas, merde mais je ne veux pas! C'est une dégoûtation. Et ils disent qu'on est dans une époque de libération sexuelle, merde. Mais voilà, faut être dans les schémas. Tu vois, si on était des, des pervers mettons des homosexuels, mais institutionnalisés, avec les conduites du groupe et notre étiquette sur le front et une fois pour toutes ils ne feraient pas attention, ça ils connaissent, c'est digéré. On ferait partie d'un zoo spécial c'est tout. Ou deux couples bourgeois en train de se chauffer après dîner. Ou exhibitionnistes, mais dans notre coin sombre près d'un cimetière. Ou frôleurs, alors au cinéma... J'essaye de faire la liste de tout ce qui est toléré, et au niveau des perversions tout est permis, digéré, ils ont des estomacs d'autruches. Cependant il paraît qu'il y a une chose qu'ils n'arrivent pas à récupérer c'est ce qui est vrai. Alors ça non, pas ça, tout ce que vous voulez mais pas le vrai. La vérité n'est pas récupérée, elle continue d'emmerder! Qu'est-ce que vous lui voulez à mon petit frère il vous plaît? Il n'est pas à vendre. Je vais mordre si ça continue. Allons chez moi tu veux bien? Il ne faut pas de fiches avant la nuit, après tout on a le droit de recevoir des copains... Tu veux bien?

— Cette question. Je croyais que c'était à cause des fiches qu'on se traînait dans la rue.

En remontant on vit le car de flics arrêté, trois descendus vérifiaient les papiers de deux gars blonds en blue-jeans avec sacs. Chasse aux drogués.

— Ceux-là c'est autre chose, dit Thomas. Ils sont utilisés comme boucs émissaires.

Nous on était pas dans cette catégorie-là. Et comme en plus on marchait d'un bon pas comme des qui vont quelque part, et on y allait, ils ne firent pas attention à nous. Ils ne sont pas programmés pour, dit Thomas.

Eh bien on était assis, sur le lit, l'un à côté de l'autre, et on se tenait le bras. Signe de paix, et c'est tout. Une chose simple comme celle-là, au milieu de ces sauvages était impossible : et qu'est-ce que ça peut bien leur foutre? C'est des vrais bousiers. C'était si reposant qu'on resta comme ça un bon moment sans même rien dire. On récupérait doucement. Pas seulement à cause des bousiers; à cause de nous aussi. On avait pris un choc.

— Tu ne veux rien?

— Je ne veux absolument rien. Je suis bien comme ça.

— Qu'est-ce qu'on est libres! soupira-t-il. Qu'est-ce que c'est bon.

— Alors pourquoi on se traînait dans la rue?

— Où on va Christophe si tu es pire que moi?

— Et où on peut aller sinon où on veut de toutes façons? Je ne suis pas pire je ne suis que ton élève. Tu m'as appris à parler. Je parle. Tu as ouvert la route, je marche dessus. Alors pourquoi?

— Parce que... J'avais peur de t'embarrasser. Que tu te méprennes... Il s'arrêta.

— Que je quoi?

— Oh rien... Je suis probablement tordu.

— Non. Je ne veux pas. Ce n'est pas vrai. Tu dois dire tout, pas t'arrêter au milieu.

— Christophe tu crois que c'est si facile? Je suis plus vieux que toi et je me sens... un peu responsable, dit-il d'une voix embrouillée, ça ne m'est jamais arrivé un truc pareil, pour un garçon! dit-il rageur, je ne parle pas des jeux de gamins, je parle de — la passion, ajouta-t-il, sur un ton différent, et il me regarda avec des yeux tragiques. C'est la passion, je ne cherche pas à le nier. Ce qui m'arrive, pour toi. Je suis fou, je suis emporté malgré moi je suis complètement dépassé. Je serrais sa main, grande et osseuse, et brûlante — on y revenait dans la vérité. Ça ne fait pas la même voix, ça fait la voix plus belle, et qui touche en plein cœur. Et je me mettais à aimer ça, pire, à ne plus pouvoir m'en passer, c'était plus fort que le plus fort alcool c'était la vie et je ne savais pas que ça existe. On ne sait plus où on va, on a quitté la route, on s'enfonce directement dans la forêt épaisse en écartant les lianes qui sont vivantes comme des bêtes. On a peur, on ne sait pas ce qu'on va trouver on ne sait rien, l'estomac se serre, tout est physique et on a presque mal; les mots ne volent plus dans l'air comme des mouches ils marchent de tout leur poids, ils entrent dans la chair, ils sont physiques aussi. Mon cœur battait pour de bon, et ma voix avait de la peine à ramper dans ma gorge.

— En me ramenant Fabrice m'a dit : n'aie pas peur je ne te veux rien, je sais que tu en aimes un autre. Je ne le savais pas encore moi-même, mais hier soir quand on tournait dans la Triumph tu te souviens, j'étais dans ton bras... J'étais heureux comme ça ne m'était jamais arrivé.

— Oui je me souviens... Je n'ai pas dormi de la nuit.

Chaque fois qu'une vérité passe, on respire plus fort. On se met à vivre, on dirait qu'on naît. On sort des cendres. Alors, on vit donc dans les cendres d'habitude? On passe sa vie dans les cendres?

— J'ai dormi. Pardon. J'ai rêvé.

— « Epatamment ». Je peux savoir?

— Tu peux tout savoir, tu dois tout savoir. Ce n'était pas épatamment j'ai dit ça pour t'embêter c'était un cauchemar. J'ai couché dans une chambre pleine de photos d'animaux, alors j'ai rêvé d'animaux, je devais les sauver de bulldozers qui venaient raser la forêt. Je me mettais devant pour les arrêter, mais c'était des bulldozers-robots, je ne pouvais pas bouger et je commençais à pousser des feuilles.

— Tu as été écrasé?

— Non, ça s'arrête toujours avant. Le deuxième rêve, je dormais, nu comme d'habitude, et Fabrice entrait avec un pyjama qu'il m'ordonnait de mettre, par politesse. Mais je ne voulais pas sortir du lit parce que - ça ne t'embête pas mon histoire? Tu arrives après.

— Pourquoi tu ne voulais pas sortir du lit?

— Parce que je, j'étais comme le matin. Je tirais les couvertures à deux mains parce que pour rien au monde que Fabrice me voie comme ça — tu vois, même en rêve...

— Je m'en fous dit-il, je te dis que c'est pas ça.

— Et elles se transformaient en volant de la Triumph, je te dis tous les détails parce que tu

172

arrives : tu es sur la route devant moi, faisant de grands gestes, et, et - je ne trouve plus le frein... Il n'y en avait pas, la Triumph était devenue un bull-dozer-robot!

— Tu m'as écrasé?

— Je ne sais pas, ça s'est arrêté là.

Je l'ai regardé, inquiet. J'ai rencontré ses yeux, je veux dire rencontré. Comme s'ils me touchaient, non, m'entouraient, j'étais entré dedans, j'ai eu un coup dans la poitrine, et, et, comme un désir d'aller vers lui. Non, pas comme un désir. Un désir, quoi. La vérité passa, comme une reine.

Il ferma les yeux. Détourna la tête. Il prit une cigarette, et pour ça lâcha ma main. Il alluma sa sèche tout seul de son côté. Et moi tout seul du mien je ne savais plus comment continuer, je cherchais quelque chose n'importe quoi pour ne pas rester comme ça dans le vide, je dis bêtement : alors ça voulait dire quoi? et j'entendis ma voix minable idiote.

— Tu m'as écrasé, dit-il sans me regarder. Je suis écrasé. Tu es un petit bulldozer sauvage et qui n'a pas de frein.

— C'est pas vrai! Regarde-moi s'il te plaît. Il ne voulait pas. Je me mis à souffrir. La forêt s'était refermée sur moi, je ne pouvais plus avancer sans faire mal - j'étais coincé. La vérité n'était pas une joie c'était une arme, elle blessait elle écrasait. Je ne pouvais plus faire un pas, le cauchemar était arrivé dans la réalité.

— Christophe, aide-moi, dit-il, du fond de je ne sais quel trou très loin.

Ce que je fis pour l'aider, je ne le fis pas pour l'aider parce que je n'avais pas réfléchi une

seconde, je le fis c'est tout, sa voix là-bas m'avait
appelé, j'ai répondu à ma façon, je me suis jeté
contre lui, comme aurait fait un enfant mais ce
n'était pas un enfant il faut hélas le dire, alors
disons comme un petit singe. J'étais accroché à ses
épaules, je me serais effondré sur lui comme un
chiffon s'il ne m'avait maintenu fermement et on
resta là sans bouger et sans parler, une fois de
plus. Il montait une chaleur tropicale. A la fin il
dit :
— Non ce n'est pas toi qui m'as écrasé. C'est la
vérité. Je ne suis pas de taille, Christophe, je suis
dépassé...
La vérité passait, rien ne pouvait l'arrêter. Elle
faisait mal, mais elle vous ressuscitait. Elle nous
écrasait à chaque fois, et elle nous ressortait de
nos cendres, à chaque fois.
— Pardonne-moi, dit Thomas.
— De quoi?
— Je ne veux pas te faire du mal.
— Quoi mal? tu es fou, comment tu pourrais
me faire du mal toi?
— Oui, je suis fou, je déconne complètement, je
n'y arrive pas. Je mélange tout. Pardon. C'est trop
fort. Je suis plein de merde. Merdier le bien
nommé, on peut dire que tu as de l'intuition... Il
rit, un peu forcé. Quand je te regarde, dit-il, il
essaya de sortir ma tête de son pull. Je ne voulais
pas. Je voulais m'effondrer, j'aurais voulu m'enfouir dans lui comme un crapaud dans les feuilles,
je planais, j'étais complètement barré. Il me tira
de force de mon nid, il me regarda, et je ne sais
pas quelle gueule je pouvais avoir ou plutôt si, elle
devait se lire comme un livre ma gueule à ce

moment-là — mais au lieu de lire il parla. Quand je te regarde je reprends espoir tu comprends je me dis, des comme ça ils vont pas les avoir. Quelle force tu as! Comment as-tu fait pour t'en sortir? Alors le miracle est possible tu comprends? Il me dit que j'étais un miracle, et cetera, parti dans de ses sacrés discours avec ses sacrés mots qui me tombaient dessus comme un édredon ou plutôt, comme un frigo, et quand je vis rappliquer ce foutu Fédros je pris la rage, je n'en pouvais plus.

— Qui c'est ce Fédros tout le temps à la fin moi j'en ai marre si tu veux m'en foutre plein la vue c'est pas la peine d'en faire tant je comprends jamais rien à ce que tu dis de toutes façons!

— Pardon. Pardonne-moi je suis un con (et cetera).

— Alors qui c'est?

— C'est, c'est, au fond ça n'a pas d'importance essaya-t-il de se défiler mais je répétais comme un abruti, Qui c'est, qui c'est? — C'est l'amour des idées, lâcha-t-il — Ah bien, je dis, alors tu es amoureux d'une idée c'est ça?

— A travers la beauté, dit-il, me regardant avec désespoir. C'est le seul véritable expliqua-t-il, d'une voix misérable.

— Tu crois? (Je ne le croyais pas).

— Oui, c'est difficile à croire comme ça je sais, c'est dur à expliquer... surtout que c'est la première fois que je suis amoureux d'une idée mâle, dit-il, en riant.

— Je commence à m'en douter figure-toi avec toutes les manières que tu fais!

— C'est vrai, oui, je ne suis pas simple, pardonne-moi, mais — mais mais mais, mais je ne lui

175

laissai pas le temps de redémarrer dans quoi mais, mais je l'avais pris au collet et je le secouais comme un cerisier — Arrête, Thomas, arrête de parler, tais-toi!

Il ne se défendait pas. J'avais oublié qu'il le pouvait comme il voulait, judo et cetera, je ne sentais que ma fureur. Sa tête donna dans la barre du lit et je me dis : je vais le tuer, je vais tuer Thomas, que j'aime. Il ne disait rien. Je lui avais ordonné de se taire il obéissait, il me regardait avec des yeux très grands et bleus comme je n'avais jamais vu, et consentants : tu peux me tuer. Ça m'arrêta. Ce n'était pas possible cette acceptation. Cette soumission. Je réussis à me stopper, je le tins contre la barre, il resta comme je l'avais mis sans chercher à se dégager et dans un instant de calme subit je dis :

— Arrête de foutre le camp Thomas. Tu te caches dans les mots. Tu as dit : jamais avoir peur de la vérité. Ça m'a ouvert en deux.

Il me serra si fort que la frontière a cassé. Je me suis effondré sur lui, il n'a pas tenté de me retenir, et essaye donc de mentir à présent! Il n'essaya pas. Il ne pouvait plus, c'était le flagrant délit. Impossible de dissimuler. Il se rendit, et dans le même mouvement passa à l'ennemi avec une joie subite, dans le feu de la passion la vérité apparut nue et sans vêtements, il aurait fallu être pas hypocrite mais aveugle, sourd, et mort pour l'ignorer et en outre elle nous précédait.

Maintenant il vaut mieux dire nettement ce qui s'est passé, même il le faut, pour éviter tout malentendu et couper en herbe le cinéma guerrier avec assauts d'infanterie et charges de cavalerie et

176

tout le déploiement d'images brutales qui viendraient assaillir, si l'on n'est pas bien clair, les esprits déviés par le préjugé et la cochonnerie régnante. Ce n'est pas ça du tout. Ce qu'il faut imaginer c'est la tendresse; le répit; la vérité mise à nue n'inspirait que douceur; on l'embrassa; on s'attarda tant qu'elle voulut, le soir tomba sur nos adorations. Je confesse que nous avons profité de la situation, c'est-à-dire du vent de folie qui a passé tout d'un coup, pour complètement cesser de réfléchir juste le temps qu'il faut afin qu'il soit trop tard; et quand il est trop tard on a tout le temps. On s'est pour ainsi dire bandé les yeux devant la fatalité galopante pour passer la frontière, qui a l'air de loin si haute, et si gardée.

Je ne suis pas en train de chercher des excuses je n'en ai pas et en outre je n'en ai pas besoin : c'est la folie qui avait raison et la raison qui mentait. Et c'est moi qui ai commencé je ne le nierais pour rien au monde je m'en fais gloire. Je ne suis pas non plus en train de faire passer ça pour un accident n'allez surtout pas croire, ce n'en est pas un au contraire on ne voyait pas où ça devrait s'arrêter maintenant qu'on était délivrés (délivrés oui, délivrés je le dis) non l'accident véritable c'était d'avoir réussi à s'entraver si longtemps. L'accident c'est de ne pas connaître les joies de la vie au grand complet. Je dis : c'est de la mutilation. Un scandale et un irréparable oubli de soi, et je dépose une gerbe sur la tombe de ceux qui n'ont pas une fois dans la vie aimé de la sorte : Regrettez éternellement.

Ce que je veux dire, ce qui est intéressant (je ne prétends pas que le reste ne le soit pas (dieu non) (il l'est, c'est un ravissement) j'essaye seulement d'être un peu pudique, dans la mesure du possible, qui n'est pas grande je le reconnais, dès l'instant qu'on a résolu de tout dire) c'est qu'ensuite, une fois fait, on en avait encore plein la figure et déjà on se demandait : Pourquoi avoir fait une pareille histoire? On ne le comprenait plus du tout. D'ici cela paraissait insensé; ce l'était. Nous avions quitté un pays étrange, et vraiment lointain celui-là; il était parti au diable; ses mœurs étaient bizarres et sauvages. Ici, chez nous, c'est tout simplement naturel; tout simplement gentil. C'est la tendresse même. Ici on est civilisé.

On avait même un peu honte, je veux dire d'avoir été d'abord si compliqués. On était gais, on se couvrait de compliments, on s'admirait nos vérités. Cette fois la liberté on l'avait. On l'avait prise, et ce n'est vraiment rien : il suffit de la prendre. LA FRONTIÈRE ÉTAIT COMPLÈTEMENT IMAGINAIRE! Ainsi ce n'était qu'un préjugé tout ça. Mais alors qu'est-ce qu'Ils ont? La difficulté c'est vraiment de les comprendre, eux : POURQUOI?

— Ils aiment la mort, dit Thomas.

Il était absolument furieux, écumant de rage et en même temps nageant dans la joie, combinaison dangereuse, il avait déjà foutu deux cendriers par terre, mis le feu au lit et descendu le rideau. Ils aiment la mort dit-il. Ce sont des zombies, ils sont les produits inertes d'une civilisation de mort, ils ne peuvent vivre que de mort, un bourgeois c'est ce qui aime la mort! Un barreau du lit lui resta dans la main.

— Thomas, toi qui es intelligent, explique-moi...

— Je ne veux plus entendre ça je suis un con.

— Ça fait rien, moi je veux comprendre : pourquoi c'est comme ça?

— Je sais comment on comprend! En faisant! La révélation nom de dieu! L'oreiller vola avec toutes ses plumes. Il ne faut pas causer avec les gens intelligents il faut les boire!

— Ah ne me donne pas soif...

— Il faut s'y baigner! Il faut, est-ce que j'ose, oui j'ose, ils me font chier, il faut en jouir.

Et le plaisir, le plaisir — jamais autant jamais, je faisais l'amour pour la première fois — mais qu'est-ce que j'avais donc fait jusqu'ici, le fonctionnaire? Le plaisir...

Nuit subite. Il fallait descendre. Les fiches. Les papiers. La police. La société. Le monde. La merde. Les porcs. Les salauds. Les dégueulasses. Les cons. A mort, à mort, à mort!

•

(Nous obliger à sortir d'ici, le seul endroit où on pouvait être, je dis être, c'était difficile à leur pardonner.)

Glose • Arrachage des masques de dessous les masques • Comment devenir un sépulcre blanchi • Une vérité peut en cacher une autre • Marx et Freud •

— Là alors c'est une longue, longue, longue histoire, répondit-il à ma question (Pourquoi?), longue et sans raccourci possible, et je ne sais pas si je la connais entièrement.

— Tu peux toujours commencer de toute façon on est dans la rue qu'est-ce qu'on risque?

— On va essayer en partant d'un cas concret, et connu : Thomas Ginsberg. Merdier Occidental. Homme conscient et libéré. Jeté dans une passion hors nature, c'est-à-dire hors-leur-nature : non inscrite au répertoire. Et que voyons-nous? La fuite éperdue. La terreur. Tartuffe. Il avoue, oui, c'est un homme libéré on vous l'a dit; c'est même un maniaque de la vérité : il avoue tout; fors le corps; tout sauf ce qui se passe dans le pantalon. Ne le voyons-nous pas préférer la mort à la mise au jour de sa vérité? Il a d'abord cherché refuge dans la rue - c'est-à-dire sous l'œil de la police - et ne consent à la liberté d'une chambre qu'ayant constaté que dans la rue on ne peut même pas « parler ». Et là, comme il n'y a plus de flics, il se constitue en police, il se réprime lui-même. Il faut le casser par des procédés magiques : l'Amour Fou. Il faut le rompre physiquement. Et il ne craque que parce que sa passion est réelle, violente, incontrôlable. Mais auparavant il a résisté de toutes ses forces de l'ordre. Il s'est battu contre sa vérité, vaillamment il faut dire. Une vraie petite chèvre de Monsieur Seguin.

— Et puis au matin, le loup l'a mangée (ça c'était dans mon bagage intellectuel).

— Le loup en soit béni. Bon, allons jusqu'au bout des aveux, d'ailleurs c'est un plaisir. Alors je t'ai, j'ai eu... merde, j'ai bandé... — bon début on peut dire, non mais qu'est-ce que c'est que cette trouille des mots bon dieu que c'est dur! Un si beau mot en plus. On a la veine d'avoir des beaux mots pour ça dans cette foutue langue et on ose pas y toucher, on dirait que ça brûle... Tu ne verras jamais un sexologue parler de la queue... bref, j'ai bandé la première fois quand je t'ai attrapé, au Minus, pour te retenir de sauter sur ce connard. A l'abri de ce magnifique prétexte (ta protection, la Protection de l'Enfance) je crains de t'avoir serré un peu plus que nécessaire, pour ton bien, sans du tout le faire exprès bien sûr...

— Oh je sais. C'était très bien, je crois pas que j'ai cherché à m'échapper.

— Tu t'es laissé aller petite vache, oui. Et moi pauvre con j'ai été tellement horrifié de me surprendre en cet état (vieux salaud! un enfant!) que ma vérité s'en est rentrée, de honte. Eh bien Christophe j'étais fier de moi, j'ai appelé ça Maîtrise de Soi. Tu te rends compte. En plus. Le tordu.

— Moi j'en ai marre de cette histoire d'enfants. J'ai fait l'amour à treize ans, et demi, et encore j'étais en retard sur d'autres. Et je savais depuis longtemps reconnaître un connard, bien que, moins que Nicolas qui en voyait partout. Pour te dire que, enfants, vous repasserez et j'en ai marre. Continue l'histoire j'aime ça, c'est un plaisir.

— Chez les sauvages qu'ils disent l'initiation est à treize ans. Preuve qu'ils sont plus avancés. Ici on fait semblant que vous êtes vierge jusqu'à vingt ça fait toujours gagner du temps : celui de changer le taurillon en bœuf. Ils ne peuvent pas se permettre de vous laisser arriver entiers sur le marché. Trop dangereux. Vous pourriez tout casser, et leur truc n'est pas si solide, ils le savent : il repose beaucoup sur votre bon cœur mes mignons.

— Ah tiens, j'avais pas vu ça sous cet angle, c'est intéressant. Mais toi, si tu le sais si bien alors pourquoi, tout d'un coup, j'étais un « enfant » ?

— Parce que moi j'étais un bœuf. Un savant dressage, spécialement réservé aux intellectuels, sépare la tête de la queue : tout dans les mots rien dans les choses, une sale maladie occidentale, que j'avais malgré mes prétentions de pas. Parce que j'étais un hypocrite, voilà. Heureusement ils m'ont un peu raté, j'en avais tout de même encore de reste. Tu as appliqué un traitement de choc. Mot de passe. Imposition des mains... Tu es un guérisseur. Tu es plus sain que moi Christophe.

— J'ai quelque chose à avouer : dans ces chiottes (je m'excuse d'y revenir tout le temps, c'est en quelque sorte mes fonts baptismaux) quand je me suis enfin déclaré, en chialant comme un veau, mon amour de toi, je me suis d'abord prétendu que c'était comme un môme de dix ans. Je me servais de l'enfant comme couvrante. Moi aussi. Moi aussi. Tu vois. Il ne faut tout de même pas me piédestaliser. Enfant tu parles. Moi aussi je suis hypocrite. C'est pourtant bel et bien comme homme que je t'aime je tiens à te le dire.

— Quand j'essuyais tes yeux sur ce quai surpeuplé, je me suis donné le change de me prendre pour ton père : c'était pour parer une nouvelle attaque, jaillie de tes larmes — tes larmes m'ont tué de tendresse, j'ai eu une envie démente de t'attraper et de pleurer ensemble en pleine rue. Je triquais cela devrait aller sans dire mais il vaut mieux, j'en étais tellement choqué que je l'aurais battue. Le rire en est venu finalement à bout et le triste con que j'étais l'a béni! Non, quelles salades.

— Oui, alors j'ai pensé ça nous a fait du bien il était temps — tu vois moi aussi — et puis : quoi temps? il était temps de quoi? Je me suis forcé à continuer, il ne fallait pas arrêter. Et je ne voulais pas, je ne pouvais plus.

— Tu es plus courageux que moi.

— Non, tu m'avais drogué.

— Avec la vérité. C'est toi qui as ouvert le chemin. Comme une épée. Je ne vais jamais l'oublier. Tu m'as cassé la coquille, je suis sorti dehors; l'air était vachement vif. Une fois dans la bataille il faut avancer, c'est vital. Et c'est simple : quand la vérité s'en va on meurt, quand elle est là on sort des cendres.

— Est-ce que tu sais que tu es en train de décrire la vraie vie?

— Bien sûr je sais, d'ailleurs c'est pas difficile : c'est physique. On brûle ou on gèle. Quand tu as dit que je t'ai écrasé, le froid est tombé. J'ai eu peur et mal, physiquement.

— Que j'ai pu mentir! Ce n'est pas toi qui m'as écrasé, c'est moi, tout seul. La nuit où je n'ai pas dormi si tu veux savoir, j'ai censuré jusqu'à mes pensées, qui me jetaient vers toi. Même en rêve je me châtrais! J'ai passé mon temps à me châtrer. Et Christophe, je te l'ai mis sur le dos, pour te paralyser! J'essayais de te châtrer aussi! Le monstre!

— Ça a marché. Tu m'as coincé. Le cauchemar. Heureusement tu m'as appelé.

— J'étais perdu. Je nous perdais. Je nous tuais. Ma pauvre petite vérité écrasée n'a trouvé que ça, t'appeler, à notre secours, toi, qui n'es pas corrompu par la saleté de culture! Ce n'était pas bête : tu as répondu si droit, qu'elle est sortie du tombeau.

— Moi j'étais complètement parti. J'avais envie de m'enfouir dans toi comme un crapaud dans les feuilles, je m'effondrais...

— J'ai vu le danger et pour empêcher ça je t'ai tenu, le temps de tuer ma vérité avant que tu y fourres ton nez. Je me suis châtré encore. Je t'ai jeté des mots en pâture : la vraie explication du rêve, et pourtant je mentais puisque je me servais d'une vérité pour en cacher une autre, tu vois jusqu'où ça va — et encore je ne disais pas tout : souviens-toi du rêve, qu'est-ce qui menait le bulldozer droit sur moi? tellement évident qu'il fallait être

185

un acrobate pour se défiler, cachez ce dard que je ne saurais voir. Oh mais j'en suis un acrobate, j'ai parlé parlé, pour t'endormir. Parce que ça devenait de plus en plus difficile de t'endormir Christophe.

— Moi j'étais plus là de toute façon j'étais parti j'avais lâché la barre, je n'étais plus que le passager c'est la vérité qui gouvernait toute seule. C'est elle qui a tout fait.

— Gloire à elle, de jamais à toujours. Mais j'aurai lutté jusqu'au bout Dieu m'est témoin. Ma vertu combattait encore, avec des ruses de jésuite et peut-être de saint. Je citais doctement, je socratais — disciple félon! Socrate faisait mieux que discourir mais moi, tout dire et ne rien faire — et je me croyais près de l'emporter, je me disais : courage Thomas, tu vas surmonter la crise — la « crise » j'appelais ça, Bourgeois! c'est bien un mot à eux ça tiens. Et quand tu es devenu furieux enfin, ange de justice, ne me suis-je pas pris pour un héros? Je mourais au champ d'honneur; sans t'avoir pollué : du moins je n'avais pas été un salaud — tout à l'envers, non mais tout à l'envers. Je ne voulais pas te faire « du mal » — du mal j'appelais ça. Quelle perversité. Quelle inversion.

— J'ai vraiment cru que j'allais te tuer.

— Je me serais laissé tuer. Je serais monté tout droit au ciel. Je serais arrivé là-haut avec la trique. Un bel effet. Encore plus près de toi mon Dieu. Car la vérité Christophe c'est que je jouissais de toi tout de même, bien que sans joie, et vers le bas, je jouissais de ta violence parce que je m'étais interdit de jouir de ta tendresse.

— Moi j'étais violent, parce que je n'avais pas pu être tendre... Oui. C'est bien ça.

— Les jumeaux difformes, Sado et Maso, étroitement enlacés, sortent du ventre de leur mère Frustration. Ils sont aussitôt reconnus par leur père Monsieur Dupont, qui édite un magazine de photos nues, une collection d'érotiques de luxe, tient une chaîne de clandés et possède une résidence secondaire pour week-ends érotico-culturels au gratin, et j'oubliais : un journal de grande information et des copains dans la police — bref, je me démerdais pour jouir de toi tout en plaisant à Dieu, je veux dire ma conscience. Je veux dire Leur Morale. Je jouissais de toi (pardonne-moi de le répéter tout le temps, ça me plaît) sur le versant de la mort parce que je n'en étais pas capable du côté du soleil. Il n'y a pas d'instinct de mort, vade retro Thanatos, il y a la jouissance contristée des morts. Je jouissais de toi en affliction.

— C'est tes yeux qui m'ont stoppé, ce n'était pas toi du tout il y avait quelque chose de, pardon, c'est la vérité : de soumis, qui m'a... dégoûté de te tuer, pardon.

— J'agonisais dans l'ignominie. Si tu n'avais pas victorieusement brisé les scellés dieu sait où nous serions. En enfer je crois, car c'est là où mène la vertu. Tu peux imaginer?

— Deux beaux cons je vois, quand j'imagine.

— On est très copains, on se promène sur les quais en devisant de choses nobles et élevées, moi du moins. On se croit des hommes libres, on a gardé toutes nos illusions et nos prétentions, on est complètement aveugles. On croit qu'on s'aime bien, on appelle ça l'amitié, la belle amitié virile (faut-il démystifier l'amitié? Et comment il le faut, elle a tout à gagner). Je t'enseigne la vie, que je crois connaître. Je te donne des bons conseils.

— Pas me faire enculer par la rive droite.

— Mais peut-être par la rive gauche?... Non, tu vois je n'arrive même plus à me mettre dans ma vieille peau, ça va à une vitesse folle, elle est déjà loin derrière en train de sécher. Tu me l'as arrachée, sois béni. La nouvelle peau est absolument délicieuse. Merci.

— C'est vraiment un pays lointain... Je me demandais ce que c'est un pays lointain... La frontière est imaginaire mais de l'autre côté c'est la planète Mars...

— Alors, dans l'autre pays, là-bas, nous devisons en copains respectueux. Je n'ose certainement pas prononcer un mot pareil. Je veux dire, enculer. Il est soigneusement refoulé avec tous mes désirs et je suis peut-être même impuissant qui sait? Plus tard vers la quarantaine je tourne pédéraste honteux, qui ne réalise pas et montre une intolérance nerveuse sur le sujet mais fait les rames de métro à cinq heures en serrant de près les fesses des lycéens. Mon inconscient est un vrai bourbier et mon conscient un sépulcre blanchi. Je me fais analyser et mon analyste découvre qu'à six ans je voulais posséder ma mère morte dans un cercueil tandis que mon père me fessait. Car bien sûr je lui ai caché qu'à vingt-six j'ai désiré un garçon : ça ne se fait pas. Au fait comment Tartuffe a-t-il osé prononcer ce mot? il fallait que le malheureux fût déjà bien travaillé par le démon. Et dis-moi n'ai-je pas ensuite dit quelque chose comme : mais que tu me reviennes sous forme de petite putain...?

— Tu l'as dit. Ça m'a mis en rage.

— Que tu « me » reviennes... ah comme on se trahit! Tu es à moi déjà, j'ai pris possession de toi — mais pour n'en pas user. S'il le faut, puisque tu as un corps - faillible -, puisqu'il me fait faillir et défaillir - j'abandonne à la rive droite sa partie inférieure, mais le haut m'appartient. L'Esprit est à moi, moi je Cause. Et je cause un langage décent c'est-à-dire émasculé, et purement idéologique, là on peut aller aussi loin qu'on veut sans danger, là on ne dit pas enculer mais homosexualité, pas : bander, mais érection et c'est toujours celle des autres, ou mieux, la généralité sans chair. Je te cite Reich et ne te le fais point, le citer m'en préserve. Nous roulons tous feux éteints. Nous avons un langage décent, un inconscient bourbeux, et une blessure secrète. Et tu ne m'aimes plus Christophe.

— Tout ça n'aurait pas pu arriver parce que je t'aurais tué tu sais bien. Je t'aurais tué avant, de ne plus t'aimer.

— Tu aurais tué un mort. Puis tu m'aurais violé, et tu te serais engagé dans les mercenaires d'Afrique, car après ce traumatisme tuer t'aurait fait jouir à tous les coups. Ainsi tu devenais un héros comme dans les livres, et voilà une histoire d'un plus haut niveau dramatique, et plus facile à digérer car cathartique, conjuratoire, transgressive et expiatoire...

— Oh là là Thomas, je suis analphabète moi tu l'oublies!

— Non je n'oublie pas je voulais te montrer à

quels égarements on arrive quand on ne l'est pas assez. C'était mon feu d'artifice final. Parce que j'en ai ras le bol. Alors je voulais seulement dire qu'avec les méchants punis, ou le mal exalté ce qui revient au même en plus malin, le spectateur est assouvi et accepte tout. Tandis que comme ça, sans drame du tout, dans la joie simple, les héros nullement culpabilisés au contraire ravis, de bonne humeur, comblés, du moins provisoirement, et couverts de plumes — tu es couvert de plumes Christophe.

— Toi aussi Thomas. C'est ton foutu oreiller.

On venait d'entrer dans le café et sous le néon on s'était vus en pleine clarté et dans les glaces en plus et à part les plumes dont on était pleins on avait l'air — oui, on avait vraiment l'air ensemble, heureux, et lavés comme si on sortait de la mer et même comme si on était revenus sur le bord en marchant dessus. Ça se voyait, pas de doute, ça éclatait même, et ça paraissait, non pas bizarre sûrement pas ça ne paraissait pas bizarre du tout ça paraissait tout ce qu'il y a de plus naturel au contraire, des gens qui s'aiment — avec quelque chose de fier; on avait comme des couronnes sur la tête; peut-être un effet de plumes; mais non; un effet d'amour? en tout cas je nous voyais comme deux rois dans la glace, et je nous aimais, je ne vois pas de malheur à le dire. Thomas aussi nous regardait, avec contentement il me sembla.

— Nous sommes trahis, dit-il. Ça se voit comme l'aurore.

On alla se terrer tout au fond et on commanda

des cognacs. On en avait sérieusement besoin.

Ça faisait bizarre de ne plus pouvoir se conduire normalement, on s'était déjà habitués à être normaux. Je veux dire, normaux. (Recherche de l'Homme Normal, thèse, par Thomas Ginsberg.) Pas facile. Même un peu pénible. Sur le boulevard, dans la nuit, on passait encore à peu près. Mais ici dans ce café plein de lumière et de gens, chaque geste qui voulait sortir ne convenait pas, il fallait le rentrer aussi sec. Depuis qu'on était assis, ça faisait au moins dix fois que l'un avançait sa main pour ôter une de ces sacrées plumes sur l'autre, et la rentrait. Le monde n'était vraiment plus fait pour nous il nous donnait des crampes. Quoi de plus naturel, pourtant.

— Si nous étions amants - je veux dire de sexes différents, je veux dire étiquetés - oui. Sinon ici on a droit à autant d'intimité que deux boîtes de petits pois.

— Si vous couchez avec une fille vous pouvez lui rouler un patin en faisant voir votre langue à tout le métro, et aussi lui retirer ses plumes.

Code du Contact Français : si je passe la main dans les cheveux d'une fille, c'est que je veux la baiser : elle ne croira jamais que j'ai envie de toucher ses cheveux; alors il faut baiser pour y arriver;

les hommes ont le droit de s'embrasser les joues, le jour de l'an; et s'il y a un mort;

le restant de l'année s'ils veulent se toucher il faut qu'ils se tapent dans la gueule;

mais pas qu'ils se foutent sur la figure;

les filles peuvent s'embrasser les joues; mais pas dans le cou; ni les mains;

— Les mains, c'est exagéré.

— C'est comme ça. On n'est pas affectueux dans le Nord.

— Ça devrait être le contraire : plus il fait froid plus il faut se serrer pour se réchauffer.

— Tu confonds avec les bêtes. On n'est pas des bêtes.

Plutôt se geler le cul dans son coin;

se le casser à se payer des visons;

en cas de chaleurs le mettre au réfrigérateur;

pas sur la commode;

la constipation est déclarée d'intérêt public au-dessus du 44ᵉ parallèle;

la tendresse est interdite;

par contre la sexualité est libérée, le sexe est libre à condition d'être séparé de la vie et rattaché au cadre de la Libération Sexuelle d'appellation contrôlée, sous le label Erotisme, l'Erotisme consiste dans l'exercice, ou à son défaut (par suite de quelque incapacité) dans la description littéraire des activités sexuelles inscrites au répertoire et à la mode. Catalogue sur demande, remis à jour d'après les dernières collections : votre queue sera « in », et reçue dans toutes les bonnes maîtresses de maison. Cet hiver, le mariage en bloc, spécialement conçu pour les Grands Ensembles. Le prêt-à-enfiler. Le savoir-foutre dans le vent — mais pas contre le vent attention ça vous reviendrait sur la gueule, consultez bien le code. Le code est très strict, exemples : il faut tout dire à votre psychanalyste mais il est malséant de se branler sur son divan; le mari amènera lui-même sa femme au taureau; la promiscuité est interdite en dehors des partouzes; il est interdit de sortir sa queue dans la rue excepté les exhibitionnistes; seuls les sadiques sont autorisés à faire mal, et uniquement aux masochistes; l'homosexualité est interdite sauf aux homosexuels. Le sens est interdit. La tendresse est ridicule. La passion est un accident déplacé. Il est bien porté de jouir et tout autant de faire semblant mais la joie, elle, est toujours choquante, et la vraie vie reste un scandale. La licence oui, mais la liberté non : car la liberté, elle, déborde, elle n'est pas le sexe mais la vie, elle entraîne beaucoup trop loin, elle mène à la politique alors ça devient sérieux attention, ne pas mélanger.

— Et ça fait mal quand ça s'arrête.

Seulement une heure et c'est foutu pour la vie.

— Tu regrettes?

— Ah ça non, je préfère souffrir, tu es fou! d'ailleurs elle est pas perdue, maintenant je sais où elle est, je peux aller la chercher. Ils peuvent me ligoter les mains mais plus me boucher les yeux, j'ai vu, je ne suis plus un aveugle-né c'est fini, je ne sais pas comment dire : c'est fini avec eux. Pays lointain. Tu sais je ne leur pardonnerai plus.

— Quoi?

— Je ne sais pas si je sais quoi, en tout cas je ne sais pas le dire, je ne sais jamais dire. Toi tu saurais mieux...

— Moi... Non, je sais pas mieux. Moi je parle, moi je me cache dans les mots. Moi je suis un con. Tu ne t'es pas encore aperçu que c'est toi qui m'instruis? Qu'est-ce que tu pardonnes pas?

— Qu'ils empêchent de même imaginer, de savoir que ça existe. Quoi, voilà, on ne sait pas. J'y ai pensé à la bibliothèque le premier jour et je ne savais pas à ce moment-là que ça allait si loin, jusqu'au cœur de la vie. J'ai appelé ça les Choses A, puisque bien sûr je ne sais pas leur nom : celles que j'aimerais mais je ne sais même pas que ça existe, parce que je suis tenu loin d'y penser. Tu vois, c'est difficile. Mais ce qui est sûr, c'est qu'ils empêchent pour de bon, et pour ainsi dire exprès. Ils rendent impensable, c'est ça, pas même interdit, parce que si c'est interdit... Bon, tu fous un mur, on a aussitôt envie d'aller voir derrière. Mais si tu rends le type aveugle avant de naître et tu lui fais ignorer que les yeux existent? Il ne sait pas qu'il y a les arbres verts et la mer bleue. Ça c'est le crime. Ils m'ont entièrement trompé! Pas moi je veux dire, nous, tous. Il y a des millions de Choses A, cachées, exprès. Ah c'est eux le détournement de mineurs! alors je demande : est-ce qu'ils nous mettent au monde pour faire des morts? Ils n'ont pas volé la terre c'est pire. Ils l'ont volée pour la tuer. Chaque homme et chaque animal! Thomas, cette fois je suis vraiment en colère. Je sais pourquoi je suis parti! Thomas... il faudra les tuer!

Il recula, il s'était rapproché pendant que je parlais, il se laissa aller contre sa banquette, me regardant aux yeux, et mon corps s'émut.

— Quelle belle gueule tu as, dit-il, sans presque bouger les lèvres et d'une voix si basse que je pouvais à peine l'entendre. Non tu n'avais pas cette tête-là hier. Tu as changé. Tu as une vraie gueule. Si j'osais je dirais que tu es beau. Tu es beau. Tu est né.

— Je suis ton fils.

— Je suis ton fils aussi, tu m'as rendu la vie.
Donne ta main fils - non attention, pas pour de
bon.

— Je crois que je ne savais plus du tout où
j'étais. Oui voilà. Comme ça je ne pourrai plus te
la retirer.

— C'est l'avantage des rêves, ils sont éternels et
inaliénables.

— Ils poussent comme des radis.

— Ils sont invisibles on peut faire ce qu'on veut
devant tout le monde..

— Mais je n'ai pas envie de me cacher! dit Thomas, presque avec désespoir.

— J'ai envie d'être libre! dis-je.

— Ecoute, bientôt c'est Pâques, je voudrais tellement...

Boubou plus Miguel avec des gueules furieuses
nous arrivaient dessus comme des fusées.

— Tu aurais pu nous prévenir! Quel film de
merde!

— Tu es un traître!

Thomas se leva leur laissant la banquette en
face, et vint s'asseoir à côté de moi, tout contre. Il
prit ma main sans se cacher, et la serra dans la
sienne. Il était comme une pierre en face d'eux,
comme un menhir, comme un lion, tout tendu
dans sa fierté de ne pas vouloir faire comme si de
rien n'était.

— « Le Chemin de la Vie » qu'ils appellent ça
merde, proclamait Miguel sur sa lancée. De la
mort, oui! Un café s'il vous plaît.

— Pour moi un cognac, dit Boubou, à bas la
morale bolchevique! Alors pour eux boire de la
gnole, c'est contre-révolutionnaire?

— Danser, c'est contre-révolutionnaire?

— Faire de la musique c'est contre... tiens je ne peux même plus prononcer le mot sacré. Beurk, dit Boubou. Ce coup-ci c'est bien fini entre Lénine et moi. Bye bye daddy, j'ai enfin fini mon œdipe.

— Baiser! même baiser c'est contre... Beurk! Ah je comprends ce qui a suicidé Maïakovski tiens. Entre autres.

— Pauvres Russes, dit Boubou. C'est triste ce qui leur est arrivé. J'avais pratiquement la larme à l'œil pendant tout le film je pensais à leur avenir, qu'ils connaissaient pas eux les pauvres chiards sur l'écran, et moi oui. Leur joie faisait mal. Dis-donc espèce de divisionniste, est-ce que par hasard tu, dit Boubou, et s'arrêta tout net, nous regardant.

— Oui, il l'a fait exprès pour nous rendre anti-bolcheviks ce salaud-là, tu es un, dit Miguel à Thomas, et s'arrêta, plongea dans sa tasse juste arrivée et se mit à remuer son sucre avec force, le nez baissé.

Ça fit un beau silence. J'entendis battre le sang de Thomas ou c'était peut-être le mien, dans nos mains serrées. Boubou s'affairait avec son paquet de sèches. Quel film de merde, grogna Miguel dans sa barbe et sans aucune conviction. Boubou posa son paquet avec décision, et nous fit face.

— J'ai failli être hypocrite mondain dit-il. Mais c'est passé. C'est mieux, je crois?

— Oui, dit Thomas dans un souffle, et je me contentai d'un signe de tête vu que j'étais complètement sans voix.

— Vous êtes couverts de plumes, dit Boubou,

d'une voix si tendre que ma gorge se noua, et il en
enleva une dans les cheveux de Thomas. J'ai bien
compris?

— Oui, dit Thomas. Ses épaules se rentrèrent,
sa tête tomba — il pleurait. Là devant tout le
monde, et moi je tenais sa main dans les deux
miennes répétant, Thomas, Thomas, et me foutant
du reste. Mais le reste ne se laissa pas longtemps
oublier.

— La pédale est de sortie ce soir! entendis-je.
C'était un type qui passait devant notre table,
venant des chiottes. Il rejoignit un autre au bar et
les deux se mirent à ricaner en nous fixant. J'ai lu
dans le journal que ça s'opère dit l'autre type ha
ha ha. Et qu'est-ce qu'on leur coupe, dit le premier, ha ha.

— Et toi tu veux quoi comme opération? C'était
Miguel, planté en face d'eux. Il s'était levé en douceur, et y était allé. Lui!

— Vous avez un problème sexuel? dit Boubou,
aimable, et les regardant sous le nez. N'ayez pas
peur de vous confier, je suis psychanalyste.

— Je ne discute pas avec les gonzesses, dit le
premier mec.

— Vous avez bien raison, dit Thomas, paternel,
elles deviennent dangereuses ces temps-ci vaut
mieux être prudent. J'étais derrière, prêt à sauter.
Le deuxième mec, sachant sans doute compter
jusqu'à quatre, mit des pièces sur le comptoir,
allez viens dit-il à son copain, on va pas se salir les
mains sur ces sales pédés.

— C'est ça, allez respirer un peu de bon air les
petits, dit Boubou docteur, ça va vous détendre.

— Viens donc voir dehors, si t'es un homme,

hahaha, dit le premier mec en sortant d'un pas vague.

— Heureusement, ce n'est pas le cas, lança Thomas, j'aurais bien trop honte. Merde quelle connerie, merde quel monde soupira-t-il une fois le terrain déblayé; et alors je vis, jusque-là caché par les deux cons, une tignasse flamboyante et une figure pleine de taches de rousseur, tournée vers moi, avec une stupéfaction énorme peinte dessus : Nicolas!

Nicolas buvant un café là au bar. Mon cœur se mit à cogner : la pédale! En même temps que je nageais dans la trouille j'avais tendu la main, tant pis, courage, faut affronter. Il la prit, l'air ahuri, je dis en manière de n'importe quoi : Qu'est-ce que tu fais par ici?

— Ben, je sors du boulot, mon imprimerie est dans le coin, dit-il, et, ben, et toi, je te croyais parti plus loin que ça... Et tout en parlant il regardait le costume, ma gueule, et peut-être encore quelques plumes accrochées par-ci par-là et qu'est-ce qu'il devait penser que je m'étais mis à faire comme métier, le léger Oxford se mit à me peser sur les épaules, merde la morale... Je crois que j'avais rougi.

— Ben, je suis parti loin, en fait... dis-je. Thomas, c'est Nicolas, mon ami Nicolas dont je t'ai parlé. Et Boubou. Et Miguel. Nicolas dit salut poliment sans enthousiasme (la pédale). Est-ce que, est-ce que tu es très pressé? dis-je.

— Euh, dit Nicolas, oui, c'est-à-dire, je rentrais, dit-il, avec hésitation, il avait sûrement envie de me parler mais la pédale, mais moi j'avais encore plus sûrement envie, because la pédale, bien que je ne savais pas comment mais il fallait que je sorte de là. Faut que je te parle! dis-je.

— Tu veux qu'on vous laisse? dit Thomas, d'une voix comme timide.

— Non, oh non! (Je ne voulais pas qu'il me laisse.)

— Si on allait boire ailleurs? propose Boubou. Ici c'est mal fréquenté et il me manque un cognac. Ou deux.

— Je, dit Miguel.

— Toi tu, dit Boubou. Viens boire.

— Je voudrais essayer de retrouver Caroline, plaça Miguel, se rattrapant à la première ficelle venue (la pédale! Lui!)

— J'ai oublié de te dire sur l'instant, dit Thomas. You were great.

— Ne dis rien dit Miguel très vite.

— Tu veux bien prendre un verre? dis-je à Nicolas, ou deux, dit Boubou, et Nicolas suivit, un peu mitigé, les autres prirent aussitôt de l'avance, discrètement.

— Qui c'est ces mecs? dit Nicolas, sous-entendant de quel bord ils sont.

— Eh bien, dis-je me lançant, mais crois pas que, dis-je, freinant, c'est plus compliqué que ça... Ecoute, tu es mon meilleur ami, conclus-je, avec fermeté et bêtement.

— Ah tiens, dit cet idiot, je croyais que tu l'avais oublié. Tu passais comme un fantôme, tout juste si tu détournais pas la tête quand tu me voyais.

— Tu sais ce que c'est, la déprime? Ça donne envie de se cacher. Tu peux pas savoir comme j'ai pensé à toi tous ces jours — merde ça ne fait que

199

trois jours que je suis barré! j'ai vécu une éternité.

— Pourquoi tu t'es barré? Il y a eu un drame?

— Oh non. Il y a eu rien. Pas important. Une histoire de télé. Si en fait, je me suis barré parce qu'ils me tuaient à petit feu, voilà pourquoi j'étais un fantôme, j'étais comme mort. Je me suis barré pour sauver ma peau, et, et, je me suis mis à vivre voilà. (J'arrivais pas à démarrer.)

— Ben, dit Nicolas, et qu'est-ce que c'est ta recette? T'as mis la main sur la baguette magique?

— Tu crois pas si bien dire. Le fantôme met la main sur la baguette magique, et ressuscite. Tu sais tout. Oh merde j'y arrive pas.

— Tu es toujours aussi déconnant je vois.

— De plus en plus. Et heureusement, c'est ce qui m'a sauvé. (J'arrivais pas, j'y arrivais pas, merde.)

— Si tu me disais en clair ce qui t'es arrivé?

— Oui. Même faudrait que je me grouille... Ils venaient d'entrer dans le nouveau bistrot, et Thomas se retourna pour voir si je suivais bien, avec une expression de, de je ne sais pas quoi, anxieuse, qui me, me plut, pour parler pudiquement. Je, j'aime quelqu'un, dis-je, tout sec comme ça d'un coup sans regarder Nicolas, devant l'entrée du café.

— Ben, dit Nicolas, c'est rien d'anormal.

— Non, c'est rien d'anormal!

— Alors pourquoi tu fais une tête tragique?

— Parce que c'est — oh tu ne pourrais pas deviner un peu?

— Bon. Qui c'est?

200

— Thomas. Je baissais les yeux et je ne sais pas si je n'étais pas près de m'évanouir.

— Alors, dit Nicolas après un silence, en somme c'était vrai, ce qu'ils disaient ces types là-bas?

— Oui c'était vrai! Je regardai Nicolas en face, furieux. Si tu veux c'était vrai. Si on regarde à leur façon. Sauf que c'est complètement faux! C'est complètement autre chose!

— Merde Christophe, alors t'es devenu pédé? dit Nicolas, mais pas méchamment, étonné seulement, vachement étonné oui.

— J'en sais rien, si je suis devenu pédé! Je criais. Un garçon et une fille passant enlacés me regardèrent, comme ça, comme avec sympathie, quelqu'un à qui il arrive quelque chose là en pleine rue, et je crois que la fille m'a souri gentiment, me disant des yeux : courage, Christophe — Je m'en fous comment ça s'appelle, disais-je, je ne suis rien devenu, je suis toujours moi, et moi j'aime quelqu'un c'est tout et c'est un homme et voilà, et qu'on juge ça comme on veut.

— Je jugeais pas, dit Nicolas. Seulement toi j'aurais jamais pensé, dit-il, philosophique. Il réfléchissait à la chose. Il essayait de la digérer.

— Moi non plus mon vieux. Celui qui m'aurait lu ça dans les lignes de la main encore hier l'aurait reçue dans la gueule. Ce qui prouve comme on peut être borné. Tiens, j'étais pas si loin de ces types là-bas au bistrot, hier — merde j'aurais aussi bien pu devenir comme eux si j'avais pas rencontré quelqu'un avec qui parler. Parler tu comprends? Tiens, comme on parlait toi et moi, quand on était gosses. Parler pour de vrai — il me passa très vite un drôle de sentiment de nostalgie

— et tu sais de quoi on parle, Thomas et moi? des planètes mon vieux, oui, y compris celle-ci, qu'il trouve qu'il faut changer, lui aussi! C'est ça tu comprends, on pense pareil — alors, où sont les limites? Pourquoi il y a des limites? Dis-moi?

— Je peux pas te le dire pourquoi, dit Nicolas. C'est vrai. Je dis que je n'ai pas de morale et puis... J'en ai avalé un beau morceau sans m'en apercevoir il faut croire. Mais alors Christophe qu'est-ce que tu vas faire, toi qui aimais tellement les filles?

— Mais en quoi est-ce que d'aimer quelqu'un empêche d'aimer aussi autre chose, merde je peux pas expliquer et puis je m'en fous. Verrai bien. Je connais pas l'avenir. Hier je connaissais pas l'avenir aujourd'hui, aujourd'hui je connais pas l'avenir demain. Pour aujourd'hui, aujourd'hui me suffit je te jure!

J'aime Thomas. Pensée fulgurante. Le présent. L'ivresse.

— Je suis dans le présent et j'y reste. Passé, avenir, terminé. Peut-être que je suis libre... Je suis sorti de ma cage. Au fond tout ce que j'ai fait c'est de sortir tu sais, je suis sorti prendre un peu d'air c'est tout, et l'air m'a soûlé. La liberté ça soûle, et puis ça fait voir clair. La liberté mon vieux. Tu peux pas savoir... A ce moment-là mon œil tomba sur le titre du bouquin que Nicolas avait sous le bras. Titre : « La Liberté ». Je le lui ai pris et je me suis mis à rire.

— Merde, dit Nicolas. Alors moi je lis, et toi tu fais! Merde dit Nicolas. C'est drôle de te rencontrer juste maintenant. Je me sentais en train de sécher, je pensais là à ce bar, imprimer des bouquins la nuit et les lire le jour, est-ce que je ne vais pas tourner papier mâché? Ah tiens, ça me fait plaisir de te retrouver, dit Nicolas, enfin.

— Welcome, brother! Attends, dis-je au moment d'entrer : toi qui es plus malin que moi, qu'est-ce que tu ferais à ma place? Côté pratique. Pour avoir mes coudées franches.

— La liberté, hé?

— Ben oui. Dedans c'est bien mais dehors je suis plutôt mal barré... Ecoute, je sais pourquoi je veux être libre maintenant, avant je savais pas, c'est tout de même une avance.

— En somme tu serais même prêt à bosser?

— Merde, j'ai peur que oui. Enfin, pas si ça bouffe la vie entière, soixante heures et 20 % de retenue comme ils font à notre âge... C'est-à-dire, si tu avais une idée qui laisse plus d'air. Et des vacances à Pâques...

— Mon vieux tu demandes beaucoup à un système qui exploite les adolescents encore plus que les autres... A moins que tu sois assez rusé pour négocier avec tes vieux sur continuer des sortes d'études?

— Rusé, moi, j'ai peur que je suis pas doué. J'y ai même jamais pensé.

— Pour les plus faibles mon vieux, il n'y a que la ruse. La ruse et attendre son heure. Enfin, c'est mon truc.

— Allons-y. Tu m'as mis à réfléchir c'est le principal. Tu me donneras un coup de main hein?

— Toi aussi?

— Moi?

— Un cognac, dit Nicolas.

— C'est déjà devant toi, dit Boubou, qui totalisait trois soucoupes.

— Tiens, dit Miguel en me prenant le bouquin. Bakounine?

— C'est à Nicolas.

— Ah oui? dit Miguel, le regardant d'un œil nouveau.

— J'ai toujours dit qu'il faut se mettre sous la direction du prolétariat, dit Boubou.

— Prolétariat mon cul, Nicolas est un futur ingénieur en bâtiments.

— Tu veux faire des ponts? dit Thomas.

— Ça dépend desquels, dit Nicolas. Y en a faudrait plutôt les défaire.

— Faire et défaire c'est toujours travailler, dit Boubou.

— Quand on était gosses on voulait faire sauter toutes les baraques, et aller sur Mars. Nicolas et moi.

— Et tu crois que j'ai changé d'avis idiot? dit Nicolas.

— Il fera des ponts sur les canaux, dit Boubou.

— Mars est ici, dit Thomas. Je la sens qui arrive.

— Mais moi, j'ai commencé par le commencement, me dit Nicolas.

— Et moi par la fin! dis-je.

— La fin justifie, dit Boubou et n'alla pas plus loin vu la main de Thomas lui fermant la bouche. C'est pas vrai! criait Thomas, tu sais que c'est pas vrai, il faut changer l'homme! Tout de suite! Il faut commencer par la fin c'est Christophe qui a raison!

— Au fait, puisqu'on a un ingénieur : est-ce que

l'acier est rongé par les acides? demanda Miguel.

— Qu'est-ce qui vient à bout du béton? dit Boubou.

— Mais c'est juste l'homme qu'il nous faut, dit Thomas, veux-tu faire partie de notre commission technique?

— Tu en seras le seul technicien, dit Boubou, nous on pense seulement.

— Ils sont dingues tes copains ou quoi? dit Nicolas, surpris par le rythme comme je l'avais été.

— Nous sommes tous des schizophrènes, dit Boubou. Cinq cognacs.

— On va fermer Monsieur.

— Merde ces cafés français, quelle ville de province Paris, on se demande ce que les touristes viennent encore voir ici.

— Des trous, dit Thomas. On a les plus grands trous du monde. Trous De Gaulle, trou Pompidou, à suivre.

— A propos si on allait tous à la maison finir cette journée inoubliable? propose Boubou. J'ai encore soif.

— Moi, je, dit Miguel.

— Toi, tu, dit Boubou. J'en ai marre de tes besoins sexuels. Viens à la maison on te fera un bifteck.

— Ben, dit Nicolas, quand on arriva à la voiture, ben, alors, au revoir...

Il était là posé sur le trottoir, un peu triste.

— Pourquoi au revoir, dit Boubou.

— Ben, demain faut que je me lève, moi, dit Nicolas. Demain à sept heures. Moi.

— Au fait, moi aussi, dit Boubou. J'ai hosto.

Mais je veux tout de même vivre avant. Moi.

— Tu n'as pas envie de prendre un peu l'air, pour une fois? dis-je.

— Ah tiens j'allais garder ton bouquin, dit Miguel, le lui tendant.

— « La Liberté », dit Thomas. Un bien beau titre.

— Ah merde, dit Nicolas. Et il enjamba la bagnole, où il n'y avait pas de place mais on en fit. Vous êtes tous une belle bande de salauds.

— Détournements de mineurs généralisés! proclama Boubou (un peu bourré) en poussant le champignon. En série. Irresponsabilité illimitée!

•

Fabrice apparut, la porte à peine ouverte, et nous regarda Thomas et moi, l'air de qui savait. Entrez, dit-il, comme le prêtre sur le seuil de l'église aux nouveaux convertis, entrez je vais chercher à boire (le baptême).

— Est-ce que je peux joindre, ou est-ce que vous pratiquez la ségrégation sexuelle? dit Zélie, passant la tête.

— En réalité, dit Boubou, c'est une réunion du men's lib mais tu peux être observateur. Tu comprends tous les bistrots fermaient et on avait encore soif, du moins moi, merci brother, et pas fini la conversation.

— Sur quoi?

— Eh bien, dit Boubou.

— Si je ne suis pas indiscrète, appuya Zélie.

— Est-ce que Zélie est indiscrète? nous demanda Boubou, très indiscrètement.

206

— Non, dis-je.

— Je n'ai rien à cacher, déclara fièrement Thomas.

Là-dessus tout le monde se tut avec un bel ensemble.

— Eh bien, dit Zélie.

— C'était un dialogue de muets, dit Boubou.

On était tous assis par terre sur le tapis dans la chambre du Puma, Thomas et moi contre le divan. Nos mains cachées entre nous se tenaient. Thomas serra la mienne très fort.

— J'aime Christophe, dit-il subitement. Proclama-t-il, à la face du monde. Ma poitrine s'emplit d'une chose immense, comme, il me sembla, si je faisais l'amour par là ou plutôt par tout mon corps et dans nos mains passa un courant brûlant, oui, on faisait l'amour, là devant tous, et d'une façon ils accusèrent le coup, Miguel comme s'il l'avait reçu sur la tête, Nicolas rougit distinctement, Fabrice ferma les yeux avec une sorte de rictus. Boubou aspira longuement d'une cigarette mince.

— Voilà la conversation, dit-il, et passa à Zélie.

— Elle me plaît, dit Zélie, repassant à Fabrice, qui prit une longue bouffée, les yeux fermés.

— Je ne veux pas me cacher! dit Thomas.

— Que vous avez de la chance vous autres, qui arrivez maintenant, soupira Fabrice. Vous pouvez même avoir du courage.

— Arrive où? dit Thomas, surpris. Eh, dit-il, ne nous enferme pas si vite dans le ghetto, je ne le sais pas où je vais, moi!

— Tu ne veux pas de la marque d'infamie? dit Fabrice, souriant, un rien provoc.

— Je — oh écoute, dit Thomas. Je veux toutes les marques d'infamie, de tous les bords. Ça te va mieux?

— Non, dit Fabrice. C'est toujours aussi commode.

— Et pourquoi faut-il que ce soit incommode? dit Thomas. Il faut souffrir?

— Le voilà le privilège, dit Zélie. Toi tu as le choix. L'opprimé n'a pas de choix entre des infamies, il a celle qu'il a.

— Tu ne connaissais pas ma grande sœur, hein? dit Boubou, fièrement.

— D'ailleurs la bisexualité c'est très bien vu en ce moment, dit Fabrice. Ça montre bien.

— Mais je ne veux pas de cette étiquette-là non plus! se révolta Thomas (et moi aussi, en muet). Je ne veux pas d'étiquette du tout.

— Tu peux te permettre, dit Zélie. L'opprimé a une étiquette, collée dessus. Moi je me suis cachée toute ma vie, mariée même, et il fallu un mouvement mondial pour que j'ose seulement la porter, mon étiquette.

— Tire-toi de là Thomas, dit Boubou.

— Toi tu peux jouer sur tous les tableaux, dit Fabrice.

— Je joue sur un seul tableau, dit Thomas. J'aime une personne. Pas des Ensembles mathématiques.

— But! dit Boubou.

— C'est parce que tu n'es pas condamné à un seul.

— C'est parce que tu ne sais pas ce que c'est, c'est tout, dit Fabrice. Toi, tu n'as pas souffert.

— Je suis désolé, dit Thomas, tout calme. Je

suis désolé de ne pas avoir souffert — à part que j'ai souffert évidemment, m'étant opprimé moi-même avec succès jusqu'à aujourd'hui, non inclus — je suis désolé de n'être qu'heureux et je m'en excuse. Je comprends bien qu'en étant heureux là j'insulte à la souffrance des autres. Mais je continue de penser que si le plus de gens possible avaient la veine que j'ai eue, de jouir sans souffrir trop, ou d'essayer plutôt de souffrir moins que plus on y verrait plus clair en politique! acheva-t-il un peu violemment, pardon dit-il, rebaissant le ton, mais il y a quelque chose qui me choque, que celui qui a souffert et celui qui n'a pas ne puissent communiquer. Est-ce que le sang ne peut être apaisé que par le sang? Celui qui en a bavé veut que les autres en bavent c'est ça? Alors ça ne changera jamais?

— C'est que seuls les opprimés sont frères, dit Zélie, ou sœurs merde, ajouta-t-elle. Et ça tu n'y peux rien.

— Tu sais bien que seuls les opprimés font bouger les choses! dit Nicolas. Tu poses des drôles de questions, je trouve.

— Peut-être qu'il faut se mettre à poser des drôles de questions dit Thomas. Ou bien ça ne va jamais changer. On va rester en religion. Blessures sacrées. Depuis le temps que les opprimés font bouger, et tu vas me dire qu'ils ont gagné, jusqu'ici? Arrêtons de mentir, quoi : ils n'ont jamais gagné. Il y a eu des basculages dans l'oppression, des changements techniques, et même c'était peut-être des régulations... Mais l'oppression est restée là!

— Tu veux dire peut-être qu'elle est dans la

nature humaine, dit Miguel, c'est par là que tu vas?

— Je veux dire peut-être que la souffrance n'est pas dans la nature humaine!

— Toi hétéro-flic, dit Boubou (bourré) à Miguel, t'as rien à dire, tu es de l'oppression pure.

— Justement je suis le seul, j'ai une fonction claire, moi, dit Miguel.

— Tu veux peut-être dire que la révolution (Beurk, fit Boubou) va être faite maintenant par les privilégiés? dit Nicolas.

— Je ne sais pas encore, ce que je veux dire, dit Thomas avec désespoir. J'essaye de faire un pont, entre qui souffre et pas. J'essaye de comprendre pourquoi vous deux, vous me haïssez.

— Mais non voyons, dit Fabrice. Je t'envie, voilà la vérité.

— Pas de compromis lui dit Zélie, on est ailleurs. Moi, je te hais, dit-elle, rassurante, à Thomas, lâchons pas la branche pour une fois qu'on l'a attrapée. Tu n'appartiens pas aux opprimés et tu n'es pas mon frère, pour moi tu ne comprends rien. C'est pas que je veux que tu souffres aussi c'est parce que je sais que tu ne comprends rien et ça t'échappe. Tu vois?

— C'est dur, dur, dit Nicolas.

— Mais je comprends! dit Thomas. J'y suis jusqu'au cou!

— Avec la tête, dit Zélie. Tu es un libéral.

— Merde! dit Thomas. Et je refuse de me sentir coupable d'être heureux! Et je suis tout de même opprimé quelque part, même on vient de se faire traiter de pédales par des fachos, et puis merde s'il faut faire un concours du plus opprimé, et tu

210

confonds être heureux avec privilège, ma sœur! et être heureux après tout c'est le moteur révolutionnaire (Beurk, fit Boubou), et comment, et le torturé a toujours raison est-ce que c'est une politique... Thomas s'effondra sur mon épaule. Mon dieu je deviens de plus en plus une femme bredouilla-t-il, et il se fit un silence durant lequel Zélie en roula une autre et Fabrice servit du whisky. Et je n'aurais même jamais dit un truc pareil si je n'étais pas juif, c'est triste, triste... Pourtant il faut que quelqu'un le dise. Pardon, dit Thomas.

— J'aime Sébastien, dit Boubou subitement. Le regard de Nicolas m'interrogea et je lui désignai sur la grande photo du mur un immense puma en plein vol qui ne l'éclaira pas beaucoup j'en ai peur, mais : Je viens de m'apercevoir, disait Boubou. Ils me l'ont caché ces salauds dit-il. Et moi aussi, à moi. Le tabou. Ha ha. Ils m'ont eu, ils m'ont bien eu. Il prit le joint que Zélie lui tendait. Je ne suis plus du tout soûl, annonça-t-il, c'est bizarre.

— Oui, dit Zélie, il faut parler même de ces choses tu as raison, dit-elle on ne savait auquel des deux.

— Ce que je veux dire c'est qu'on regarde à l'intérieur! dit Thomas. C'est ça que je veux. Jusqu'au fond sans limites. Sinon jamais ça ne changera.

Fabrice aspira une longue bouffée — Oh mon dieu, dit-il, ma vie est un théâtre d'ombres! Que ne puis-je la recommencer!

— Recommence-la, dit Zélie.

— On recommence tous tout dit Boubou. Depuis zéro. Deux, un...

— Merde, dit Nicolas, je deviens fou.

— Zéro!

— Mars, tout le monde descend! dis-je.

— Monte, dit Thomas. Mars est en haut.

— Moi aussi, dit Zélie.

— Christophe, dit Boubou, c'est toi. Tu es un révélateur. Depuis que tu as posé tes pieds dans le Minus, c'est le dégel.

— Il m'a ouvert, dit Thomas. Oui. Oui. Cassé mon cocon d'intellectuel, sans lui je ne serais jamais devenu un papillon.

— Ferme la fenêtre, qu'il s'envole pas, dit Boubou.

— Ça sent une brise odorante, dit Nicolas, je ne peux pas fermer.

— Je serais resté un ver, dit Thomas. Merci non, dit-il, refusant la sèche collective et je fis pareil, je n'en avais pas besoin. Je n'en ai pas besoin dit Thomas, et il m'entoura les épaules, d'un bras qui tremblait. Des larmes coulaient toutes tranquilles de ses yeux ouverts, je les aurais bues mais je n'osai pas tout de même c'est idiot, je me suis contenté de rêver, j'étais dans un summum de bonheur. Peut-être que je mue, dit Thomas, je suis en train de devenir un être humain oh mon dieu, et, écoutez : ce n'est pas bisexuel, c'est bisexué!

— Si on devenait tous des êtres humains? proposa Boubou. Deux, un...

— Un être humain c'est ce qui peut pleurer, dit Thomas, pleurant, mon dieu je suis changé en source, que c'est donc bon...

— Je tourne vraiment fou, dit Nicolas. Je vois des bâtiments qui s'éloignent à l'infini, et j'entends des harpes. Non merci, dit-il, déclinant le joint. Ça suffit déjà comme ça.

212

— Je suis un opprimé heureux, déclara Thomas.

— Caroline, Charlotte, Emilienne! dit Miguel. Quelle sécurité! Il prit la cigarette et rageusement tira une énorme bouffée. Je n'aurais pas dû me laisser entraîner dans ce.

— Mais si dit Zélie, reste avec nous, tu es presque notre dernier hétéro, tu peux être utile.

— Zéro, dit Boubou, très en retard. Je vais aller lui dire. Tout. Il faut changer l'homme bordel de merde, exécution. Je vais aller le tirer de sa prison suisse et je lui dis tout, puma ou pas. Depuis zéro.

— Depuis zéro dit Fabrice, oh mon dieu que ça va être dur.

— Jusqu'à l'infini, dit Zélie. Il faut regarder à l'intérieur jusqu'à l'infini.

— Allons-y, dit Boubou. Tous. On ne sera pas de trop contre l'Ordre. On y va, partons, dit-il, rrrrrrrr, et il prit le volant.

— Est-ce qu'on ne pourrait pas embarquer aussi ma petite sœur Corinne en revenant? dis-je. Pendant qu'on y est.

— Je ne sais pas si on a la place, dit Boubou, changeant les vitesses, rrrrrr. Surtout avec les cordes à nœuds. Il faut être réaliste. C'est une toute petite voiture.

— Elargis-la, dit Zélie. Jusqu'à l'infini.

— Je vous passe la Mercédes, dit Fabrice royal, en tendant les clés. Souffrir, alors, que ça serve.

— Merci brother, dit Boubou, prenant bel et bien les clés. Maintenant on occupe la résidence secondaire du vieux et on en fait un centre d'anti-psychiatrie. De ce fait il n'ose plus y foutre les pieds, les gens ont peur des fous, dieu merci. Bon eh bien voilà une bonne chose de faite on n'a pas perdu notre soirée.

Merde et si c'était vrai et peut-être c'est vrai et pourquoi ça le serait pas, va savoir où ça s'arrête quand on démarre comme ça et moi je sais que les rêves ça pousse j'en ai planté, et ils sont venus, si c'était vrai je ne saurais même pas où leur dire de tourner pour aller chercher ma petite sœur, soyons réalistes comme il dit Boubou, même en rêve, surtout en rêve peut-être. C'est mon vieux qui a l'adresse — la pensée subite me traversa, ou plutôt une douleur : retourner là-bas! Je ne les connais plus. Glacé. Ailleurs. Parti. Ce coup-ci, parti.

— Christophe, murmura Thomas, et je sentis que sa main était froide.

— Je n'arrive pas à me voir rentrant à la maison, dis-je. J'avais complètement oublié que ça existe, des choses comme ça...

— L'ingrat! dit Zélie. Un instant de plaisir et il oublie ses père et mère.

— Oui, dis-je. Ça fait une telle différence, tu comprends.

— Et pendant ce temps-là nous on se ronge les sangs, partit Fabrice d'une voix pathétique. Nous avons failli mourir d'inquiétude, dit-il-elle en se tordant les mains.

— C'est drôle que vous faillissez toujours mais vous le faites jamais vraiment, dis-je avec la dernière insolence vu qu'aucun risque, et je pensais : et quel risque? pourquoi je ne suis pas capable de leur dire le fond de ma pensée quand je les ai en face?

— En voilà des façons de répondre à ta mère!

désapprouva Zélie avec une autorité paternelle, et d'abord d'où sors-tu, où étais-tu, qu'est-ce que tu as foutu?

— Je suis allé sur Mars, déclarai-je fièrement. (Je suis pourtant aussi grand qu'eux et même un peu plus alors qu'est-ce qui me fait peur?)

— Après tous les sacrifices que nous avons faits! gémit Fabrice.

— Après tous les sacrifices que nous avons faits! gémit maman-Fabrice, entretemps drapé dans un châle hindou.

— Je vous les ai pas demandés.

— Bravo, bien envoyé, applaudit l'assistance.

— Et qu'est-ce que tu aurais fait sans nous? Tu peux me le dire? relaya Nicolas, qui en connaissait un bout sur les relations de famille.

— Sans vous? Ben, si vous allez par là alors j'aurais pas même existé, sans vous. (applaudissements.)

— Nous t'avons soigné quand tu as eu la coqueluche, dit maman. Nous t'avons tout donné, chambre et petit déjeuner, deux repas, service compris. Et voilà toute la reconnaissance!

— Vous auriez dû prévenir avant de donner, si c'était remboursable.

— Tu as mangé notre pain, dit papa, et toi tu nous as apporté que le déshonneur.

— Ah on n'a que de la misère avec ça!

— Fallait pas me faire. C'est pas moi qui ai réclamé de venir au monde, dis-je. (Tonnerre d'applaudissements.)

— On l'a pas fait exprès, dit Zélie. C'est par hasard.

— Objection, dit Thomas. C'est une nécessité. Il

fallait le faire, absolument, et je tiens à remercier les auteurs de ce chef-d'œuvre.

— Dites donc vous ça vous regarde nos procréations? dit papa.

— Vil séducteur, dit maman pointant sur Thomas un doigt accusateur. Il nous a volé notre enfant!

— Nous vous ferons jeter en prison, dit papa, nous avons la loi pour nous.

— Ce n'est plus la prison, dit Boubou, c'est l'hôpital, d'ailleurs il n'y a plus de place en prison. Nous avons mis au point des méthodes plus humaines cher monsieur : maintenant, nous soignons. Quelques petits électro-chocs dans les parties criminelles chaque fois qu'elles s'éveillent à la vue d'un jeune garçon et il n'y paraîtra plus.

— Criminel toi-même, essaye un peu! dis-je menaçant d'étrangler Boubou.

— Quant à ce jeune homme, il est comme vous voyez le type du parfait déviant pré-violent, il faudra s'occuper de lui.

— Mais docteur, nous l'avons pourtant élevé décemment!

— Vous n'y pouvez rien. Tous les enfants sont déviants aujourd'hui. Mais rassurez-vous. Il suffira de le confier à un bon psychanalyste, voici ma carte. Je vous le rends dans six mois, amoureux de sa maman et béant d'admiration devant son papa.

— Ça tu peux aller te faire cuire une omelette.

— La violence même de sa réaction mesdames et messieurs est bien la preuve que là gît le plus vif désir de son inconscient, qu'il le veuille ou non. Vous avez là un transfert d'identification du Père sur cet homme, plus âgé que lui.

216

— Quelle horreur, et en plus ce n'est même pas un vrai homosexuel docteur! s'écria Fabrice. Si seulement il avait pris un vrai nous saurions à quoi nous en tenir, ces gens-là sont connus et répertoriés, ils ont une raison sociale et une étiquette! Mais là c'est l'inconnu, l'aventure, où on va si n'importe qui peut faire n'importe quoi n'importe quand n'importe où?...

— Dans la liberté, dit Boubou. Deux, un...

— Il faut de l'Ordre, dit papa. Je demande que cet individu soit mis en carte.

— Accusé Ginsberg Thomas, levez-vous, dit Miguel.

— Non, dit Thomas. Je ne veux pas être jugé par l'ennemi de classe.

— Je demande l'indulgence du tribunal dit Fabrice, tournant sa veste, et faisant des jeux de manches avec le châle hindou.

— Vous êtes accusé d'exercice illégal de la pédérastie.

— A bas les institutions, dit Thomas.

— D'incitation de mineur à la débauche...

— Ils m'ont incité à l'embauche, dis-je, désignant mes géniteurs supposés. C'est bien pire.

— Socratisme, et détournement de mineur.

— Je demande l'indulgence du tribunal, dit maître Fabrice. Un seul regard sur le corps du délit messieurs les jurés...

— Pas d'obscénités, dit juge Miguel.

— Eh eh, attendez un peu avant de parler de détournement! réussis-je à placer parmi le bordel.

— Toi morveux boucle-la ça ne te regarde pas, dit papa Zélie.

— Comment ça ne me regarde pas, c'est moi qui sais si je suis détourné, non?

— Un mineur ne sait rien, dit Nicolas.

— Tu vas voir qui c'est qui sait qui c'est qui, dit papa, levant sur moi une main menaçante.

— Monsieur, si vous touchez un cheveu de cet enfant, dit Thomas, j'oublie toute galanterie féminine.

— Tricheur, dit Zélie, tu joues sur tous les tableaux!

— Eh, je suis assez grand pour me défendre tout seul! dis-je glorieusement.

— Du calme ou je fais évacuer la salle, dit Miguel, tapant sur son verre avec un cube de glace. Accusé, reconnaissez-vous avoir détourné le mineur Christophe?

— C'est pas lui, c'est moi, dis-je.

— Magnifique! dit Fabrice-Fabrice.

— Ils nous a tous détournés, dit Boubou.

— Béni soit-il, dit Thomas.

— Zéro, dit Boubou. Allons-y.

— Où?

— Je vais à la maison, dis-je. Je suis prêt à négocier ma liberté. Je n'ai plus peur. Je me suis aperçu que je suis aussi grand qu'eux dis-je, et que toute la question est là.

— Allons-y, dit Boubou.

•

— Tu crois qu'il suffirait de mettre un bout de plastic dans les lézardes pour que toutes les baraques sautent?

— Il y a toujours un point faible dans le système, dit Thomas.

Sur le toit en béton où on était tous grimpés il y avait des grandes lézardes, colmatées avec du goudron. Il faisait un temps formidable, on y voyait à des kilomètres, à perte de vue des terrasses en béton avec des lézardes.

— Faut étudier ça, dit Nicolas, de la Commission Technique.

— D'abord faire sortir tous les déportés du camp, dit Thomas, et les remettre à leur place, au milieu de leur ville.

— Autour de leurs Halles.

— Et de leurs bordels.

— Mâle chauvin, dit Zélie.

— On a sa fierté, dit Miguel.

— Avec leurs rats, dis-je.

— Nous réglerons tous ces détails plus tard, quand on aura regardé jusqu'au fond de nos intérieurs, dit Zélie. Ce n'est pas au programme du jour.

— Quel est le programme du jour?

— Il se lève.

Le jour — se lève, il s'étire il prend son temps, son temps est magnifique aujourd'hui il est de bonne humeur il est doux et jeudi, et le dernier de Mars.

Je vais négocier, et prendre l'adresse de ma sœur perdue, pour qu'on puisse aller la libérer, en revenant de la Suisse, ce pourquoi j'ai besoin d'une carte d'identité il faut être réaliste, surtout dans la vraie vie.

— Boubou, tu n'auras pas une petite place pour moi dans ta résidence de fous? De balayeur, par exemple? Je peux faire n'importe quoi.

— Mes fous tu les guériras rien qu'en les regardant, toi, dit Boubou. Je t'établis guérisseur, exercice illégal de la médecine, il faudra y venir de toutes façons à l'exercice illégal. Thomas je suis un petit peu amoureux de Christophe je crois.

— Est-ce que je peux empêcher ça? dit Thomas, et il me regarda en riant, sans la moindre inquiétude.

— Si on sautait? dit Fabrice, au bord du toit. C'est si beau. Justement que je suis presqu'heureux.

— Justement que t'es presqu'heureux, saute pas, dit Thomas, tu peux commencer à vraiment les faire chier.

— Voilà exactement pourquoi il faut vivre, dit Zélie. Il n'y a pas d'autre vraie raison.

— Merde, dit Nicolas, mais c'est le printemps!

— Merde dit tout le monde, c'est le printemps, merde, merde, merde! et tous en haut du toit on s'est mis à crier, comme des fous.

ŒUVRES DE CHRISTIANE ROCHEFORT

Aux Éditions Bernard Grasset :

LE REPOS DU GUERRIER.
LES PETITS ENFANTS DU SIÈCLE.
LES STANCES À SOPHIE.
PRINTEMPS AU PARKING.
UNE ROSE POUR MORRISON.
C'EST BIZARRE L'ÉCRITURE.
ARCHAOS OU LE JARDIN ÉTINCELANT.
ENCORE HEUREUX QU'ON VA VERS L'ÉTÉ.
LES ENFANTS D'ABORD.
QUAND TU VAS CHEZ LES FEMMES.

Composition réalisée par C.M.L. - PARIS - 13e

IMPRIMÉ EN FRANCE PAR BRODARD ET TAUPIN
58, rue Jean Bleuzen - Vanves -Usine de La Flèche.
LIBRAIRIE GÉNÉRALE FRANÇAISE - 14, rue de l'Ancienne-Comédie -Paris.
ISBN : 2 - 253 - 01014 - 6